Le Livre de Poche

Jeunesse

DON QUICHOTTE

MIGUEL DE CERVANTÈS

DON QUICHOTTE

Traduit de l'espagnol
par Louis Viardot

HACHETTE
Jeunesse

Avertissement au lecteur :

Certaines œuvres littéraires peuvent, par leur ampleur, sembler difficilement accessibles à de jeunes lecteurs. Ni adaptation ni résumé, ce livre propose une version abrégée du texte original : les coupures y sont effectuées de manière à respecter le plus possible le ton et le style de l'auteur...

VERSION ABRÉGÉE

Révision de la version abrégée, rédaction des notes et de la biographie : Philippe Rouet

43, quai de Grenelle, 75015 Paris

PREMIÈRE PARTIE

1

Qui traite de la qualité et des occupations du fameux hidalgo[1] don[2] Quichotte de la Manche[3], et de la première sortie qu'il fit dans son pays

Dans une bourgade de la Manche, dont je ne veux pas me rappeler le nom, vivait, il n'y a pas longtemps, un hidalgo, de ceux qui ont lance au râtelier[4], rondache[5] antique, bidet[6] maigre et lévrier de chasse.

Il avait chez lui une gouvernante qui passait les

1. Noble espagnol (simple gentilhomme par rapport à d'autres nobles de haut rang).
2. Titre honorifique particulier à la noblesse espagnole, qui se place devant le nom ou le prénom.
3. Plateau calcaire du centre de l'Espagne, à la terre aride et aux paysages désolés.
4. Double étagère à encoches où l'on rangeait les lances.
5. Petit bouclier rond que portaient les fantassins au XVIe siècle.
6. Petit cheval de selle.

quarante ans, une nièce qui n'atteignait pas les vingt, et de plus un garçon de ville et de campagne, qui sellait le bidet aussi bien qu'il maniait la serpette. L'âge de notre hidalgo frisait la cinquantaine ; il était de complexion[1] robuste, maigre de corps et sec de visage, fort matineux et grand ami de la chasse. Il avait le surnom de Quixada[2].

Or il faut savoir que cet hidalgo, dans les moments où il restait oisif, c'est-à-dire à peu près toute l'année, s'adonnait à lire des livres de chevalerie, avec tant de goût et de plaisir qu'il en oublia presque entièrement l'exercice de la chasse et l'administration de son bien. Sa curiosité et son extravagance arrivèrent à ce point qu'il vendit plusieurs arpents[3] de bonnes terres à blé pour acheter des livres de chevalerie à lire.

Enfin, il s'acharna tellement à sa lecture que ses nuits se passaient en lisant du soir au matin, et ses jours, du matin au soir. Son imagination se remplit de tout ce qu'il avait lu dans les livres, enchantements, querelles, défis, batailles, blessures, galanteries, amours, tempêtes et extravagances impossibles.

Finalement, ayant perdu l'esprit sans ressource, il vint à donner dans la plus étrange pensée dont jamais fou se fût avisé dans le monde. Il lui parut convenable et nécessaire, aussi bien pour l'éclat de sa

---

1. Constitution, ensemble des éléments constitutifs du corps humain.
2. Il s'agit de son nom d'état civil (le narrateur n'est pas très fixé sur ce point : son vrai nom serait Alonzo Quijano, qui apparaît à la fin du roman).
3. Anciennes mesures agraires de superficie.

gloire que pour le service de son pays, de se faire chevalier errant, de s'en aller par le monde, avec son cheval et ses armes, chercher les aventures.

Ainsi emporté par de si douces pensées et par l'ineffable[1] attrait qu'il y trouvait, il se hâta de mettre son désir en pratique. La première chose qu'il fit fut de nettoyer les pièces d'une armure qui avait appartenu à ses bisaïeux[2], et qui, moisie et rongée de rouille, gisait depuis des siècles oubliée dans un coin. Il les lava, les frotta, les raccommoda du mieux qu'il put.

Cela fait, il alla visiter sa monture ; et, quoique l'animal eût plus de tares que de membres, il lui sembla que ni le Bucéphale d'Alexandre[3] ni le Babiéca du Cid[4] ne lui étaient comparables. Quatre jours se passèrent à ruminer dans sa tête quel nom il lui donnerait : « Car, se disait-il, il n'est pas juste que cheval de si fameux chevalier reste sans nom connu. » Ainsi, après une quantité de noms qu'il composa, effaça, rogna, augmenta, défit et refit dans sa mémoire et son imagination, à la fin il vint à l'appeler *Rossinante*[5], nom, à son idée, majestueux et sonore.

---

1. Qui ne peut être exprimé par des paroles.
2. Arrière-grands-parents.
3. Bucéphale était le nom du cheval favori d'Alexandre le Grand (de – 356 à – 323 av. J.-C.), roi de Macédoine.
4. Babiéca était le nom de la monture de Rodrigo Díaz de Bivár, dit le Cid (1043-1099), héros espagnol.
5. Nom humoristique, signifiant à peu près : « La première de toutes les rosses du monde » (rosse voulant dire un mauvais cheval).

Ayant donné à son cheval un nom si à sa fantaisie, il voulut s'en donner un à lui-même ; et cette pensée lui prit huit autres jours, au bout desquels il décida de s'appeler *don Quichotte.* Il voulut aussi, en bon chevalier, ajouter au sien le nom de sa patrie et s'appeler *don Quichotte de la Manche,* s'imaginant qu'il honorait celle-ci en prenant d'elle son surnom.

Il se persuada alors qu'il ne lui manquait plus rien, sinon de chercher une dame de qui tomber amoureux, car, pour lui, le chevalier errant sans amour était un arbre sans feuilles et sans fruits, un corps sans âme. Ce fut une jeune paysanne de bonne mine, qui demeurait dans un village voisin du sien et dont il avait été quelque temps amoureux, bien que la belle n'en eût jamais rien su, et ne s'en fût pas souciée davantage. Elle s'appelait Aldonza Lorenzo, et ce fut à elle qu'il lui sembla bon d'accorder le titre de dame suzeraine[1] de ses pensées. Lui cherchant alors un nom qui sentît et représentât la grande dame et la princesse, il vint à l'appeler *Dulcinée*[2] *du Toboso,* parce qu'elle était native de ce village ; nom harmonieux à son avis, rare et distingué, et non moins expressif que tous ceux qu'il avait donnés à son équipage et à lui-même.

Ayant donc achevé ses préparatifs, il ne voulut pas

---

1. Qui gouverne ses pensées (dans le système féodal, le suzerain régnait en maître absolu sur un territoire donné).

2. Nom propre inventé par Cervantès, devenu depuis lors un nom commun, synonyme de « bien-aimée » (au sens légèrement ironique).

attendre davantage pour mettre son projet à exécution. Ce qui le pressait de la sorte, c'était la privation qu'il croyait faire au monde par son retard, tant il espérait venger d'offenses, redresser de torts, réparer d'injustices, corriger d'abus, acquitter de dettes. Ainsi, un beau matin, avant le jour, qui était un des plus brûlants du mois de juillet, il s'arma de toutes pièces, monta sur Rossinante, embrassa son écu[1], saisit sa lance et, par la fausse porte d'une basse-cour, sortit dans la campagne. Mais à peine se vit-il en chemin qu'une pensée terrible l'assaillit. Il lui vint à la mémoire qu'il n'était pas armé chevalier ; qu'ainsi, d'après les lois de la chevalerie, il ne pouvait ni ne devait entrer en lice[2] avec aucun chevalier.

Sa folie l'emportant sur toute raison, il résolut de se faire armer chevalier par le premier qu'il rencontrerait, à l'imitation de beaucoup d'autres qui en agirent ainsi, comme il l'avait lu dans les livres qui l'avaient mis en cet état. De cette manière, il se tranquillisa l'esprit, et continua son chemin, qui n'était autre que celui que voulait son cheval, car il croyait qu'en cela consistait l'essence des aventures.

Il marcha presque tout le jour sans qu'il lui arrivât rien qui fût digne d'être conté ; et il s'en désespérait. Alors regardant de toutes parts, il aperçut non

---

1. Bouclier.
2. S'engager dans une lutte, une compétition (la lice désignait le champ clos où se déroulaient des joutes entre chevaliers).

loin du chemin où il marchait une hôtellerie. Il pressa le pas, si bien qu'il y arriva à la tombée de la nuit. Par hasard il y avait devant la porte deux jeunes filles, de celles-là qu'on appelle *de joie*[1].

Dès qu'il vit l'hôtellerie, il s'imagina que c'était un château, avec ses quatre tourelles et ses chapiteaux d'argent bruni, auquel ne manquaient ni le pont-levis, ni les fossés, ni aucun des accessoires que de semblables châteaux ont toujours dans les descriptions. Il s'approcha de l'hôtellerie, qu'il prenait donc pour un château, et, à quelque distance, il retint la bride à Rossinante, attendant qu'un nain parût entre les créneaux pour donner avec son cor le signal qu'un chevalier arrivait au château. Mais voyant qu'on tardait et que Rossinante avait hâte d'arriver à l'écurie, il s'approcha de la porte, et vit les deux filles perdues qui s'y trouvaient, lesquelles lui parurent deux jolies damoiselles ou deux gracieuses dames qui, devant la porte du château, folâtraient[2] et prenaient leurs ébats.

Ainsi donc, transporté de joie, il s'approcha de l'hôtellerie et des dames, lesquelles voyant venir un homme armé de la sorte, avec lance et bouclier, allaient, pleines d'effroi, rentrer dans la maison. Mais don Quichotte comprit à leur fuite la peur qu'elles avaient. Il leva sa visière et, découvrant son sec et

---

1. Les deux jeunes filles sont en fait des prostituées.
2. Jouaient gaiement en s'agitant.

poudreux visage, d'un air aimable et d'une voix posée, il leur dit :

— Que Vos Grâces ne prennent point la fuite, et ne craignent nulle discourtoise offense ; car, dans l'ordre de chevalerie que je professe, il n'appartient ni ne convient d'en faire à personne, et surtout à des damoiselles d'aussi haut parage[1] que le démontrent vos présences.

Les filles, quand elles s'entendirent appeler demoiselles, chose tellement hors de leur profession, ne purent s'empêcher d'éclater de rire, et ce fut de telle sorte que don Quichotte vint à se fâcher tellement que la chose eût mal tourné, si dans ce moment même n'eût paru l'hôtelier, gros homme que son embonpoint rendait pacifique. Il arrangea Rossinante dans l'écurie et revint voir ce que voulait son hôte[2], que les demoiselles s'occupaient à désarmer, s'étant déjà réconciliées avec lui. Elles lui demandèrent s'il voulait manger quelque chose.

— Quoi que ce fût, je m'en accommoderais, répondit don Quichotte ; car, si je ne me trompe, toute chose viendrait fort à point.

On lui dressa la table à la porte de l'hôtellerie, pour qu'il eût plus frais, et l'hôte lui apporta une ration de merluche[3] mal détrempée et plus mal assai-

---

1. D'aussi haute naissance.
2. Le mot a le double sens de celui qui reçoit et de celui qui est reçu.
3. Plat à base de morue séchée.

sonnée, avec du pain aussi noir et moisi que ses armes. Sur ces entrefaites, un châtreur de porcs vint par hasard à l'hôtellerie et se mit, en arrivant, à souffler cinq à six fois dans son sifflet de jonc. Cela suffit pour confirmer don Quichotte dans la pensée qu'il était en quelque fameux château, qu'on lui servait un repas en musique, que la merluche était de la truite, le pain bis du pain blanc, les drôlesses des dames, et l'hôtelier le châtelain du château.

Pourtant, ce qui l'inquiétait le plus, c'était de ne pas se voir armé chevalier ; car il lui semblait qu'il ne pouvait légitimement s'engager dans aucune aventure sans avoir reçu l'ordre de chevalerie.

2

Où l’on raconte de quelle gracieuse manière don Quichotte se fit armer chevalier, et de ce qui arriva quand il quitta l’hôtellerie

Ainsi tourmenté de cette pensée, il abrégea son maigre souper, appela l’hôte et, le menant dans l’écurie, dont il ferma la porte, il se mit à genoux devant lui en disant : « Jamais je ne me lèverai d’où je suis, valeureux chevalier, avant que votre courtoisie ne m’accorde un don que je veux lui demander. »

Quand il vit son hôte à ses pieds, l’hôtelier le regarda tout surpris, et tenta de le relever. Mais il ne put y parvenir, si ce n’est en lui disant qu’il lui accordait le don demandé.

— Je n'attendais pas moins, seigneur, de votre grande magnificence, répondit don Quichotte ; ce que j'implore, c'est que demain matin vous m'armiez chevalier. Cette nuit, dans la chapelle de votre château, je passerai la veillée des armes, afin de pouvoir, comme il se doit, courir les quatre parties du monde, cherchant les aventures au profit des nécessiteux, selon le devoir de la chevalerie et des chevaliers errants comme moi.

L'hôtelier, qui était passablement matois[1], résolut de suivre son humeur, et lui répondit qu'il avait parfaitement raison d'avoir ce désir et qu'il pourrait fort bien veiller cette nuit dans la cour du château ; que le matin venu, s'il plaisait à Dieu, on ferait toutes les cérémonies voulues, de manière qu'il se trouvât armé chevalier, et aussi chevalier qu'on pût l'être au monde.

Aussitôt tout fut mis en ordre pour qu'il fît la veillée des armes dans une grande basse-cour à côté de l'hôtellerie. La nuit commençait à tomber.

En ce moment, il prit fantaisie à l'un des muletiers qui s'étaient hébergés dans la maison d'aller donner de l'eau à ses bêtes, et pour cela il fallait enlever de dessus l'auge les armes de don Quichotte ; lequel, voyant venir cet homme, lui dit à haute voix :

— Ô toi, qui que tu sois, téméraire chevalier, qui viens toucher les armes du plus valeureux chevalier

1. Qui fait preuve de ruse sous des dehors de simplicité et de bonhomie.

errant, prends garde à ce que tu fais, si tu ne veux laisser ta vie pour prix de ton audace.

Le muletier n'eut cure de ces propos, et mal lui en prit, car don Quichotte leva sa lance à deux mains et en déchargea un si furieux coup sur la tête du muletier qu'il le renversa par terre. Cela fait, il ramassa ses armes et se mit à marcher de long en large.

L'hôtelier cessa alors de trouver bonnes les plaisanteries de son hôte et, pour y mettre fin, il résolut de lui donner bien vite son malencontreux ordre de chevalerie, avant qu'un autre malheur arrivât. S'approchant donc humblement, il lui déclara qu'il n'y avait point de chapelle dans ce château, mais que ce n'était pas indispensable, puis il s'en alla quérir un livre où il tenait note de la paille et de l'orge qu'il donnait aux muletiers. Bientôt, accompagné d'un petit garçon qui portait un bout de chandelle, et des deux demoiselles, il revint où l'attendait don Quichotte, auquel il ordonna de se mettre à genoux ; puis, lisant dans son manuel comme s'il eût récité quelque dévote oraison[1], au milieu de sa lecture, il leva la main, et lui en donna un grand coup sur la tête ; ensuite, de sa propre épée, un autre coup sur l'épaule, toujours marmottant entre ses dents comme s'il eût dit des prières. Cela fait, il commanda à l'une

1. Prière.

de ces dames de lui ceindre[1] l'épée, ce qu'elle fit avec beaucoup de grâce et de retenue, car il n'en fallait pas une faible dose pour s'empêcher d'éclater de rire à chaque point des cérémonies.

En lui ceignant l'épée, la bonne dame lui dit :

— Que Dieu rende Votre Grâce très heureux chevalier, et lui donne bonne chance dans les combats.

Ces cérémonies, comme on n'en avait jamais vu, ainsi faites au galop et en toute hâte, don Quichotte brûlait d'impatience de se voir à cheval et de partir à la quête des aventures ; il sella Rossinante au plus vite, l'enfourcha et, embrassant son hôte, le remercia. Pour le voir au plus tôt hors de sa maison, l'hôtelier lui rendit, quoique en moins de paroles, la monnaie de ses compliments, et sans lui demander son écot[2], le laissa partir à la grâce de Dieu.

L'aube du jour commençait à poindre quand don Quichotte sortit de l'hôtellerie. Il résolut de s'en retourner chez lui, comptant prendre à son service un paysan, son voisin, pauvre et chargé d'enfants, mais très propre à l'office d'écuyer[3] dans la chevalerie errante. Cette résolution prise, il tourna Rossinante du côté de son village.

Après avoir cheminé environ deux milles[4], don

1. Ceinturer, accrocher l'épée autour de la taille.
2. Sans lui réclamer son dû, ce qu'il doit à l'hôtelier pour son séjour.
3. Gentilhomme au service d'un chevalier.
4. Ancienne unité de mesure de distance valant 1 481,5 m.

Quichotte découvrit une grande troupe de gens, que depuis l'on sut être des marchands de Tolède qui allaient acheter de la soie à Murcie[1]. Ils étaient six, portant leurs parasols, avec quatre valets à cheval et trois garçons de mules à pied. À peine don Quichotte les aperçut-il qu'il s'imagina faire rencontre d'une nouvelle aventure. Ainsi, prenant l'air fier et la contenance assurée, il s'affermit bien sur ses étriers, empoigna sa lance, se couvrit la poitrine de son écu et, campé au beau milieu du chemin, il attendit l'approche de ces chevaliers errants, puisqu'il les tenait et jugeait pour tels.

Dès qu'ils furent arrivés à la portée de voir et d'entendre, don Quichotte éleva la voix, et d'un ton arrogant leur cria :

— Que tout le monde s'arrête, si tout le monde ne confesse qu'il n'y a dans le monde entier demoiselle plus belle que l'impératrice de la Manche, la sans pareille Dulcinée du Toboso.

Les marchands s'arrêtèrent, au bruit de ces paroles, pour considérer l'étrange figure de celui qui les disait, et ils reconnurent aisément la folie du pauvre diable. L'un d'eux, qui savait fort discrètement railler[2], lui répondit :

— Seigneur chevalier, nous ne connaissons pas

---

1. La route qui va de Tolède à Murcie traverse la partie sud-orientale de la Castilla-La-Mancha, pays d'origine de don Quichotte.
2. Se moquer.

cette belle dame dont vous parlez ; faites-nous-la voir, et, si elle est d'une beauté aussi incomparable que vous nous le signifiez, de bon cœur et sans nulle crainte nous confesserons la vérité que votre bouche demande.

— Si je vous la faisais voir, répliqua don Quichotte, quel beau mérite auriez-vous à confesser une vérité si manifeste ?

— Seigneur chevalier, reprit le marchand, je supplie Votre Grâce, montrez quelque portrait de cette dame, et je crois même, tant nous sommes déjà portés en sa faveur, que son portrait nous fit-il voir qu'elle est borgne d'un œil, et que l'autre distille du soufre et du vermillon[1], malgré cela, pour complaire à Votre Grâce, nous dirons à sa louange tout ce qu'il vous plaira.

— Elle ne distille rien, canaille infâme, s'écria don Quichotte enflammé de colère.

En disant cela, il se précipita, la lance baissée, contre celui qui avait porté la parole, avec tant d'ardeur et de furie que Rossinante tomba et avec elle son maître. Au milieu des incroyables efforts qu'il faisait vainement sous le poids de sa vieille armure, pour se remettre sur pied, il ne cessait de dire :

— Ne fuyez pas, poltrons, vils esclaves ; ne fuyez pas. Prenez garde que ce n'est point par ma faute,

1. Et que de l'autre coule du pus de couleur jaune et rouge.

mais par celle de mon cheval, que je suis étendu sur la terre

Un garçon muletier, de la suite des marchands, qui sans doute n'avait pas l'humeur fort endurante, s'approchant de lui, lui arracha sa lance, en fit trois ou quatre morceaux, et de l'un d'eux se mit à frapper si fort et si dru sur notre don Quichotte qu'en dépit de ses armes il le moulut comme plâtre[1]. Enfin le muletier se fatigua, et les marchands continuèrent leur chemin, emportant de quoi conter pendant tout le voyage sur l'aventure du pauvre fou bâtonné.

Celui-ci, dès qu'il se vit seul, essaya de nouveau de se relever ; mais ce n'était pas possible, tant il avait le corps meurtri et disloqué.

Le hasard fit passer par là un laboureur de son propre village, et demeurant tout près de sa maison, lequel venait de conduire une charge de blé au moulin. Voyant cet homme étendu, il s'approcha et lui demanda qui il était, et quel mal il ressentait pour se plaindre si tristement. Don Quichotte, se croyant au milieu de ses chers personnages de roman, lui répondit que Baudouin[2] lui rendrait compte de sa disgrâce, et lui parla des amours du fils de l'empereur avec sa femme. Le laboureur écoutait tout surpris ces sottises, et lui ayant ôté la visière, le reconnut.

---

1. Il le battit excessivement, comme pour réduire du plâtre en poudre.
2. Personnage d'un poème espagnol (un *romance*), fils de l'empereur Charlemagne.

— Eh, bon Dieu ! s'écria-t-il, seigneur Quixada, qui vous a mis en cet état ?

Mais l'autre continuait sa romance à toutes les questions qui lui étaient faites.

Le pauvre homme le hissa sur son âne, qui lui semblait une plus douce monture. Ensuite, il ramassa les armes, jusqu'aux éclats de la lance, et les mit en paquet sur Rossinante. Puis, prenant celui-ci par la bride et l'âne par le licou[1], il s'achemina du côté de son village, tout préoccupé des mille extravagances que débitait don Quichotte. Ils arrivèrent au village à la chute du jour. Mais le laboureur attendit que la nuit fût close, pour qu'on ne vît pas le disloqué gentilhomme dans ce piteux état.

L'heure venue, il entra au village et gagna la maison de don Quichotte, qu'il trouva pleine de trouble et de confusion. Le curé et le barbier[2] du pays, tous deux grands amis de don Quichotte, s'y étaient réunis, et la gouvernante leur disait, en se lamentant :

— Que vous en semble, seigneur licencié[3] Pedro Perez (ainsi s'appelait le curé), et que pensez-vous de la disgrâce de mon seigneur ? Voilà six jours qu'il ne paraît plus, ni lui, ni le bidet, ni la rondache, ni la lance, ni les armes. Ah ! malheureuse que je suis ! je gagerais ma tête, et c'est aussi vrai que je suis née

1. Lien mis autour du cou de l'âne pour le mener et l'attacher.
2. Celui dont le métier est de faire la barbe au rasoir à main.
3. Le curé est licencié de théologie, c'est-à-dire diplômé de science religieuse.

pour mourir, que ces maudits livres de chevalerie, qu'il a ramassés et qu'il lit du matin au soir, lui ont tourné l'esprit !

La nièce, de son côté, disait la même chose, et plus encore :

— Sachez, seigneur maître Nicolas, car c'était le nom du barbier, qu'il est souvent arrivé à mon seigneur oncle de passer à lire dans ces abominables livres de malheur deux jours avec leurs nuits, au bout desquels il jetait le livre tout à coup, empoignait son épée et se mettait à escrimer contre les murailles. Mais c'est à moi qu'en est toute la faute ; à moi, qui ne vous ai pas avisé des extravagances de mon seigneur oncle, pour que vous y portiez remède avant que le mal arrivât jusqu'où il est arrivé, pour que vous brûliez tous ces excommuniés de livres ; il y en a beaucoup qui méritent bien d'être grillés comme autant d'hérétiques.

— Ma foi, j'en dis autant, reprit le curé, et le jour de demain ne se passera pas sans qu'on en fasse un autodafé[1] et qu'ils soient condamnés au feu, pour qu'ils ne donnent plus envie à ceux qui les liraient de faire ce qu'a fait mon pauvre ami.

Tous ces propos, don Quichotte et le laboureur les entendaient hors de la porte, et celui-ci se mit à crier à tue-tête :

— Ouvrez, s'il vous plaît, au seigneur Baudouin,

---

1. Sans qu'on détruise les livres par le feu.

et au seigneur marquis de Mantoue[1], qui vient grièvement blessé.

Ils sortirent tous à ces cris et, reconnaissant aussitôt, les uns leur ami, les autres leur oncle et leur maître, ils coururent à l'envi[2] l'embrasser. Mais il leur dit :

— Arrêtez-vous tous. Je viens grièvement blessé par la faute de mon cheval ; qu'on me porte à mon lit, et qu'on appelle, si c'est possible, la sage Urgande[3], pour qu'elle vienne panser mes blessures.

— Hein ? s'écria aussitôt la gouvernante, qu'est-ce que j'ai dit ? est-ce que le cœur ne me disait pas bien de quel pied boitait mon maître ?

C'était donner au curé plus de désir encore de faire ce qu'en effet il fit le lendemain, à savoir : d'aller appeler son ami le barbier maître Nicolas, et de s'en venir avec lui à la maison de don Quichotte...

---

1. Oncle de Baudouin dans le même *romance* (en fait, c'est ce dernier qui est blessé dans le poème).
2. À qui mieux mieux ; en rivalisant, en cherchant à l'emporter sur l'autre.
3. C'est le nom de la fée qui, dans *Amadis de Gaule*, protège le héros et les siens.

3

De l'enquête que firent le curé et le barbier dans la bibliothèque de notre ingénieux hidalgo, et de l'épouvantable et inimaginable aventure des moulins à vent

Le curé demanda à la nièce les clefs de la chambre où se trouvaient les livres auteurs du dommage, et dit au barbier de lui présenter ces livres un à un pour voir de quoi ils traitaient, parce qu'il pouvait s'en rencontrer quelques-uns, dans le nombre, qui ne méritassent pas le supplice du feu.

— Non, non, s'écria la nièce, il n'en faut épargner aucun, car tous ont fait le mal. Il vaut mieux les jeter par la fenêtre dans la cour, en faire une pile et y mettre le feu.

Cette même nuit, la gouvernante brûla et calcina

autant de livres qu'il s'en trouvait dans la basse-cour et dans toute la maison, et l'on fit, de surcroît, murer le cabinet[1] des livres.

Deux jours après, don Quichotte se leva, et la première chose qu'il fit fut d'aller voir ses livres. Mais ne trouvant plus le cabinet où il l'avait laissé, il s'en allait le cherchant à droite et à gauche. Enfin, au bout d'un long espace de temps, il demanda où se trouvait le cabinet des livres.

— C'est un enchanteur, répondit la nièce, qui est venu sur une nuée, la nuit après que Votre Grâce est partie d'ici, et entra dans le cabinet, laissa la maison toute pleine de fumée ; et quand nous voulûmes voir ce qu'il laissait de fait, nous ne vîmes plus ni livres ni chambre.

— En effet, dit don Quichotte, c'est un savant enchanteur, mon ennemi mortel, qui m'en veut parce qu'il sait, au moyen de son art et de son grimoire[2], que je dois, dans la suite des temps, me rencontrer en combat singulier avec un chevalier qu'il favorise, et que je dois aussi le vaincre, sans que sa science puisse en empêcher.

Le fait est qu'il resta quinze jours dans sa maison, très calme et sans donner le moindre indice qu'il voulût recommencer ces premières escapades. Pendant ce temps-là, don Quichotte sollicita secrète-

---

1. Ici, au sens de bibliothèque.
2. Livre de magie à l'usage des sorciers.

ment un paysan, son voisin, homme de bien mais, comme on dit, de peu de plomb dans la cervelle. Finalement il lui conta, lui persuada et lui promit tant de choses que le pauvre homme se décida à partir avec lui et à lui servir d'écuyer. Entre autres choses, don Quichotte lui disait qu'il allait conquérir quelque île, dont il le ferait gouverneur à vie. Séduit par ces promesses et d'autres semblables, Sancho Panza (c'était le nom du paysan) planta là sa femme et ses enfants et s'enrôla pour écuyer de son voisin, après avoir réuni de l'argent.

Tout cela fait, et, ne prenant congé, ni Panza de sa femme et de ses enfants, ni don Quichotte de sa gouvernante et de sa nièce, un beau soir ils sortirent du pays sans être vus de personne, et ils cheminèrent si bien toute la nuit qu'au point du jour ils se tinrent pour certains de n'être plus attrapés. Sancho Panza s'en allait sur son âne, qu'il avait amené avec lui, comme un patriarche[1], avec son bissac[2], son outre et, de plus, une grande envie de se voir déjà gouverneur de l'île que son maître lui avait promise.

En ce moment ils découvrirent trente ou quarante moulins à vent qu'il y a dans cette plaine, et, dès que don Quichotte les vit, il dit à son écuyer :

— La fortune conduit nos affaires mieux que ne pourrait y réussir notre désir même. Regarde, ami

1. Comme un vieillard qui mène une vie simple et paisible.
2. Besace, sacoche.

Sancho ; voilà devant nous au moins trente démesurés géants, auxquels je pense livrer bataille et ôter la vie à tous tant qu'ils sont.

— Quels géants ? demanda Sancho Panza.

— Ceux que tu vois là-bas, lui répondit son maître, avec leurs grands bras, car il y en a qui les ont de presque deux lieues[1] de long.

— Prenez donc garde, répliqua Sancho ; ce que nous voyons là-bas ne sont pas des géants, mais des moulins à vent, et ce qui paraît leurs bras, ce sont leurs ailes, qui, tournées par le vent, font tourner à leur tour la meule du moulin.

— On voit bien, répondit don Quichotte, que tu n'es pas expert en fait d'aventures : ce sont des géants, te dis-je ; si tu as peur, ôte-toi de là et va te mettre en prière pendant que je leur livrerai une inégale et terrible bataille.

En parlant ainsi, il donna de l'éperon à son cheval Rossinante. Un peu de vent s'étant alors levé, les grandes ailes commencèrent à se mouvoir ; ce que voyant, don Quichotte s'écria :

— Quand même vous remueriez plus de bras que le géant Briarée[2], vous allez me le payer.

En disant ces mots, il se recommande du profond de son cœur à sa dame Dulcinée, la priant de le

1. Ancienne unité de mesure de distance valant environ 4 km.

2. Un des Titans de la mythologie grecque, qui avait cent bras et cinquante têtes.

secourir en un tel péril ; puis, il se précipite contre le premier moulin qui se trouvait devant lui ; mais, au moment où il perçait l'aile d'un grand coup de lance, le vent la chasse avec tant de furie qu'elle met la lance en pièces et qu'elle emporte après elle le cheval et le chevalier, qui s'en alla rouler sur la poussière en fort mauvais état.

Sancho Panza accourut à son secours de tout le trot de son âne et trouva, en arrivant près de lui, qu'il ne pouvait plus remuer, tant le coup et la chute avaient été rudes.

— Miséricorde ! s'écria Sancho, n'avais-je pas bien dit à Votre Grâce qu'elle prît garde à ce qu'elle faisait, que ce n'était pas autre chose que des moulins à vent et qu'il fallait, pour s'y tromper, en avoir d'autres dans la tête ?

— Paix, paix ! ami Sancho, répondit don Quichotte, je pense, et ce doit être la vérité, que ce sage enchanteur, qui m'a volé les livres et le cabinet, a changé ces géants en moulins, pour m'enlever la gloire de les vaincre, tant est grande l'inimitié qu'il me porte ! Mais en fin de compte son art maudit ne prévaudra pas contre la bonté de mon épée.

— Dieu le veuille, comme il le peut, répondit Sancho Panza ; et il aida son maître à remonter sur Rossinante, qui avait les épaules à demi déboîtées. C'est ainsi qu'ils arrivèrent à une auberge.

4

De ce qui arriva à l'ingénieux hidalgo dans l'hôtellerie qu'il prenait pour un château

L'hôtelier, qui vit don Quichotte mis en travers sur un âne, demanda à Sancho quel mal s'était fait cet homme. Sancho répondit que ce n'était rien ; qu'il avait roulé du haut d'une roche en bas, et qu'il venait avec les reins tant soit peu meurtris. Cet hôtelier avait une femme qui, bien au rebours[1] de celles d'un semblable métier, était naturellement charitable et s'apitoyait sur les afflictions[2] du prochain. Aussi elle

1. Contrairement à.
2. Peines profondes, éprouvées à la suite d'un coup du sort, d'une série d'infortunes.

accourut bien vite pour panser don Quichotte, et se fit aider par une fille qu'elle avait, jeune personne avenante et de fort bonne mine.

Il y avait aussi, dans la même hôtellerie, une servante asturienne[1], large de face, plate du chignon, camuse[2] du nez, borgne d'un œil et peu saine de l'autre. Cette gentille personne vint aider la fille de la maison, et toutes deux dressèrent un méchant lit à don Quichotte dans le grenier à paille. Ce fut dans ce méchant grabat[3] que s'étendit don Quichotte ; et tout aussitôt l'hôtesse et sa fille vinrent l'oindre d'onguent[4] des pieds à la tête, à la lueur d'une lampe que tenait Maritornes, car c'est ainsi que s'appelait l'Asturienne.

— Comment appelez-vous ce cavalier ? demanda l'Asturienne Maritornes.

— Don Quichotte de la Manche, répondit Sancho Panza, c'est un chevalier errant, l'un des plus braves et des plus dignes qu'on ait vus de longtemps sur la terre.

— Qu'est-ce qu'un chevalier errant ? répliqua la gracieuse servante.

— Quoi ! reprit Sancho, vous êtes si neuve en ce monde que vous ne le sachiez pas ? Eh bien ! sachez,

---

1. Originaire des Asturies, région située au nord-ouest de l'Espagne.
2. Au nez court et plat (ce qui passait pour un signe de luxure chez une femme).
3. Lit misérable.
4. Enduire d'une sorte de pommade médicamenteuse pour guérir les blessures.

ma sœur, qu'un chevalier errant, aujourd'hui, c'est la plus malheureuse créature du monde, et la plus affamée ; demain, il aura trois ou quatre couronnes de royaumes à donner à son écuyer.

Tout cet entretien, don Quichotte l'écoutait de son lit avec grande attention ; se mettant comme il put sur son séant, il prit tendrement la main de l'hôtesse, et lui dit :

— Croyez-moi, belle et noble dame, vous pouvez vous appeler heureuse pour avoir recueilli dans votre château ma personne. Je veux seulement vous dire que j'aurai éternellement gravé dans la mémoire le service que vous m'avez rendu, pour vous en garder reconnaissance autant que durera ma vie.

L'hôtesse, sa fille et la bonne Maritornes restaient toutes confuses aux propos du chevalier errant. Après l'avoir remercié de ses politesses en propos d'hôtellerie, elles le quittèrent ; Maritornes alla panser Sancho, qui n'en avait pas moindre besoin que son maître, et on les laissa dormir.

Après plusieurs heures de veille, don Quichotte ne parvenait toujours pas à dormir. Il réveilla Sancho.

— Lève-toi, Sancho, si tu peux ; appelle le commandant de cette forteresse, et fais en sorte qu'il me donne un peu d'huile, de vin, de sel et de romarin[1], pour en composer le baume[2] salutaire. En vérité, je

1. Des feuilles d'un petit arbuste aromatique, servant à la cuisine.
2. Préparation miraculeuse.

crois que j'en ai grand besoin maintenant, car je perds beaucoup de sang.

Sancho se leva, et s'en fut à tâtons chercher l'hôte.

— Seigneur, lui dit-il, faites-nous donner un peu de romarin, d'huile, de vin et de sel, dont nous avons besoin pour panser un des meilleurs chevaliers errants qu'il y ait sur toute la surface de la terre, lequel gît à présent dans ce lit.

L'hôte pourvut Sancho de toutes les provisions qu'il était venu chercher, et celui-ci les porta bien vite à don Quichotte qui prit ses drogues, les mêla dans une marmite et les fit bouillir sur le feu.

Cela fait, don Quichotte voulut aussitôt expérimenter par lui-même la vertu de ce baume, qu'il s'imaginait si précieux. Mais à peine eut-il fini de boire qu'il commença de vomir, de telle manière qu'il ne lui resta rien au fond de l'estomac ; et les angoisses du vomissement lui causant, en outre, une sueur abondante, il demanda qu'on le couvrît bien dans son lit et qu'on le laissât seul. On lui obéit, et il dormit paisiblement plus de trois grandes heures, au bout desquelles il se sentit, en s'éveillant, le corps tellement soulagé et les reins si bien remis de leur foulure, qu'il se crut entièrement guéri ; ce qui, pour le coup, lui fit penser qu'avec un tel remède il pouvait désormais affronter sans crainte toute espèce de rencontres, de querelles et de batailles, quelque périlleuses qu'elles fussent. Sancho Panza, tenant aussi pour miracle le soulagement de son maître, le pria de lui laisser prendre ce qui restait dans la marmite, et qui n'était pas une faible dose.

Or il arriva que l'estomac du pauvre Sancho n'avait pas sans doute toute la délicatesse de celui de son seigneur ; car, avant de vomir, il fut tellement pris de sueurs froides, de nausées, d'angoisses et de haut-le-cœur, qu'il pensa bien véritablement que sa dernière heure était venue ; et, dans son affliction, il maudissait, non seulement le baume, mais le gredin qui le lui avait fait prendre. Don Quichotte, le voyant en cet état, lui dit gravement :

— Je crois, Sancho, que tout ce mal te vient de ce que tu n'es pas armé chevalier, car j'ai l'opinion que cette liqueur ne doit pas servir à ceux qui ne le sont pas.

— Malédiction sur moi et sur toute ma race ! s'écria Sancho ; si Votre Grâce savait cela d'avance, pourquoi donc me l'a-t-elle seulement laissé goûter ?

En ce moment, le breuvage fit enfin son opération, et le pauvre écuyer commença à se vider par les deux bouts, avec tant de hâte et si peu de relâche que la natte de jonc sur laquelle il s'était recouché et la couverture de toile à sac qui le couvrait furent à tout jamais mises hors de service.

Mais don Quichotte, qui se sentait, comme on l'a dit, guéri radicalement, voulut aussitôt se remettre en route à la recherche des aventures. Aussi, dans son impatient désir, il mit lui-même la selle à Rossinante, le bât à l'âne de Sancho, puis aida Sancho à se hisser sur l'âne, après l'avoir aidé à se vêtir

Dès qu'ils furent tous deux à cheval, don Quichotte, s'arrêtant à la porte de la maison, appela l'hôtelier et lui dit d'une voix grave et posée :

— Grandes et nombreuses, seigneur châtelain, sont les grâces que j'ai reçues dans votre château. Sachez que ma profession n'est pas autre que de venger ceux qui reçoivent des offenses, et de châtier les félonies[1]. Consultez donc votre mémoire, si vous trouvez quelque chose de cette espèce à me recommander.

L'hôte lui répondit, avec le même calme et la même gravité :

— Je n'ai nul besoin, seigneur chevalier, que Votre Grâce me venge d'aucun affront ; car, lorsque j'en reçois, je sais bien moi-même en tirer vengeance. J'ai seulement besoin que Votre Grâce me paye la dépense qu'elle a faite cette nuit dans l'hôtellerie.

— Comment ! c'est donc une hôtellerie ? s'écria don Quichotte.

— Et de très bon renom, répondit l'hôtelier.

— En ce cas, reprit don Quichotte, j'ai vécu jusqu'ici dans l'erreur ; car, en vérité, j'ai pensé que c'était un château, et non des plus mauvais. Mais, puisque c'est une hôtellerie et non point un château,

1. Punir les déloyautés d'un vassal envers son suzerain.

ce qu'il y a de mieux à faire pour le moment, c'est que vous renonciez au payement de l'écot ; car je ne puis contrevenir à la règle des chevaliers errants, jamais aucun d'eux ne paya logement, nourriture ni dépense d'auberge.

— Je n'ai rien à voir là-dedans, répondit l'hôtelier : qu'on me paye ce qu'on me doit, et trêve de chansons ; tout ce qui m'importe, c'est de faire mon métier et de recouvrer mon bien.

— Vous êtes un imbécile et un méchant gargotier[1], repartit don Quichotte ; puis, piquant des deux[2] à Rossinante, et croisant sa pique, il sortit de l'hôtellerie.

L'hôtelier, voyant qu'il s'en allait et ne le payait point, vint réclamer son dû à Sancho Panza, lequel répondit que, puisque son maître n'avait pas voulu payer, il ne le voulait pas non plus.

La mauvaise étoile de l'infortuné Sancho voulut que, parmi les gens qui avaient couché dans l'hôtellerie, se trouvassent neuf gaillards qui, comme poussés d'un même esprit, s'approchèrent de Sancho, le firent descendre de son âne, et, l'un d'eux ayant couru chercher la couverture du lit de l'hôtesse, on jeta dedans le pauvre écuyer. Ils sortirent dans la basse-cour ; et là, ayant bien étendu Sancho sur la

1. Aubergiste (une gargote est un restaurant à bon marché, où la cuisine et le service laissent à désirer).
2. Donnant de ses deux éperons, en piquant les flancs du cheval.

couverture, ils commencèrent à l'envoyer voltiger dans les airs, jusqu'à ce qu'ils arrêtent de pure lassitude.

On lui ramena son âne, et l'ayant remis dessus, on le couvrit bien de son petit manteau. Le voyant si harassé, la compatissante Maritornes crut lui devoir le secours d'une cruche d'eau, et l'alla tirer d'un puits pour qu'elle fût plus fraîche. Sancho prit la cruche et l'approcha de ses lèvres ; mais il s'arrêta aux cris de son maître, qui lui disait :

— Sancho, mon fils, ne bois pas de cette eau ; n'en bois pas, mon enfant, elle te tuera. Vois-tu, j'ai ici le très saint baume (et il lui montrait sa burette[1]) ; avec deux gouttes que tu boiras, tu seras guéri sans faute.

À ces cris, Sancho tourna les yeux tant soit peu de travers, et répondit en criant plus fort :

— Est-ce que par hasard Votre Grâce oublie déjà que je ne suis pas chevalier, et veut-elle que j'achève de vomir le peu d'entrailles qui me restent d'hier soir ? Gardez votre liqueur, de par tous les diables ! et laissez-moi tranquille.

Dès que Sancho eut achevé de boire, il sortit, enchanté de n'avoir rien payé du tout.

---

1. Flacon destiné à contenir les saintes huiles, ou l'eau et le vin de la messe.

5

De la liberté que rendit don Quichotte à quantité de malheureux que l'on conduisait, contre leur gré, où ils eussent été bien aises de ne pas aller

Don Quichotte et Sancho cheminèrent longtemps en silence. Sur ces entrefaites, une chaîne de galériens arriva près d'eux, et don Quichotte, du ton le plus honnête, pria les gardiens de l'informer de la cause ou des causes pour lesquelles ils menaient de la sorte ces pauvres gens.

— Ce sont des forçats, répondit un des gardiens à cheval, qui vont servir Sa Majesté sur les galères. Je n'ai rien de plus à vous dire, et vous, rien de plus à demander.

— Cependant, répliqua don Quichotte, je voudrais bien savoir sur chacun d'eux en particulier la cause de leur disgrâce.

— Approchez-vous et questionnez-les eux-mêmes ; ils vous répondront s'ils en ont envie.

Avec cette permission que don Quichotte aurait bien prise si on ne la lui eût accordée, il s'approcha de la chaîne et demanda au premier venu pour quels péchés il allait en si triste équipage.

— Pour avoir été amoureux, répondit l'autre.

— Quoi ! pas davantage ? s'écria don Quichotte. Par ma foi ! si l'on condamne les gens aux galères pour être amoureux, il y a longtemps que je devrais y ramer.

— Oh ! mes amours ne sont pas de celles qu'imagine Votre Grâce, répondit le galérien. Quant à moi, j'aimai si éperdument une corbeille de lessive remplie de linge blanc, et je la serrai si étroitement dans mes bras que, si la justice ne me l'eût arrachée par force, je n'aurais pas encore, à l'heure qu'il est, cessé mes caresses. Je fus pris en flagrant délit, il n'était pas besoin de question[1] ; la cause fut bâclée : on me chatouilla les épaules de cent coups de fouet, et quand j'aurai, par-dessus le marché, fauché le grand pré pendant trois ans, l'affaire sera faite.

— Qu'est-ce que cela, faucher le grand pré ? demanda don Quichotte.

---

1. Il n'y eut pas besoin que l'on me soumît à la torture pour me faire avouer mon délit.

— C'est ramer aux galères, répondit le forçat.

Don Quichotte fit la même demande au deuxième, qui ne voulut pas répondre un mot, tant il marchait triste et mélancolique. Mais le premier répondit pour lui :

— Celui-là, seigneur, va aux galères en qualité de musicien et de chanteur. Il n'y a rien de pire au monde que de chanter dans le tourment.

— Comment donc ! s'écria don Quichotte, envoie-t-on les musiciens et les chanteurs aux galères ? Je n'y comprends rien.

Mais un des gardiens lui dit :

— Seigneur cavalier, parmi ces gens de bien, chanter dans le tourment veut dire confesser à la torture. Ce drôle a été mis à la question et a fait l'aveu de son crime, qui est d'avoir été voleur de bestiaux ; et, sur son aveu, on l'a condamné à six ans de galères, sans compter deux cents coups de fouet qu'il porte déjà sur ses épaules.

Don Quichotte passa au troisième. C'était un homme de vénérable aspect, avec une longue barbe blanche qui lui couvrait toute la poitrine ; lequel s'entendant demander pour quel motif il se trouvait à la chaîne, se mit à pleurer sans répondre un mot ; mais le quatrième condamné lui servit de truchement.

— Cet honnête barbon[1], dit-il, va pour quatre ans

1. Homme d'âge plus que mûr.

aux galères, après avoir été promené en triomphe dans les rues à cheval et magnifiquement vêtu.

— Cela veut dire, si je ne me trompe, interrompit Sancho, qu'il a fait amende honorable, et qu'il est monté au pilori[1].

— Tout justement, reprit le galérien ; et le délit qui lui a valu cette peine, c'est de s'être mêlé de sorcellerie.

Don Quichotte, continuant son interrogatoire, demanda au suivant quel était son crime ; celui-ci, d'un ton non moins vif et dégagé que le précédent, répondit :

— Je suis ici pour avoir trop folâtré avec deux de mes cousines germaines[2], et avec deux autres cousines qui n'étaient pas les miennes. Finalement, nous avons si bien joué tous ensemble aux petits jeux innocents qu'il en est arrivé un accroissement de famille tel et tellement embrouillé qu'un faiseur d'arbres généalogiques n'aurait pu s'y reconnaître. Je fus convaincu par preuves et témoignages ; la faveur[3] me manqua, l'argent aussi, et je fus mis en danger de périr par la gorge. On m'a condamné à six ans de galères ; je n'ai point appelé[4] : c'est la peine de ma

1. Qu'il a demandé pardon, et qu'il a été promené dans les rues, monté sur un âne, pour le désigner à la vindicte publique.

2. Ayant au moins une grand-mère ou un grand-père commun (il s'est rendu ainsi coupable du crime d'inceste).

3. L'intervention d'une personne haut placée.

4. Je n'ai pas fait appel de la sentence, en ayant recours à une juridiction supérieure susceptible de casser le jugement.

faute. Mais je suis jeune, la vie est longue, et tant qu'elle dure il y a remède à tout. Si Votre Grâce, seigneur chevalier, a de quoi secourir ces pauvres gens, Dieu vous le payera dans le ciel, et nous aurons grand soin sur la terre de prier Dieu dans nos oraisons pour la santé et la vie de Votre Grâce, afin qu'il vous les donne aussi bonnes et longues que le mérite votre respectable personne.

Celui-ci portait l'habit d'étudiant, et l'un des gardiens dit qu'il était très éloquent discoureur et fort avancé dans le latin.

Derrière tous ceux-là venait un homme d'environ trente ans, bien fait et de bonne mine, si ce n'est cependant que lorsqu'il regardait il mettait l'un de ses yeux dans l'autre. Il était attaché bien différemment de ses compagnons ; car il portait au pied une chaîne si longue qu'elle lui faisait, en remontant, le tour du corps, puis deux forts anneaux à la gorge, l'un rivé à la chaîne, l'autre comme une espèce de carcan[1] duquel partaient deux barres de fer qui descendaient jusqu'à la ceinture et aboutissaient à deux menottes où il avait les mains attachées par de gros cadenas ; de manière qu'il ne pouvait ni lever ses mains à sa tête, ni baisser sa tête à ses mains. Don Quichotte demanda pourquoi cet homme portait ainsi bien plus de fers que les autres. Le gardien répondit que c'était parce qu'il avait commis plus de crimes à lui seul que tous

1. Collier de fer, du type appelé garde-ami ou pied d'ami.

les autres ensemble, et que c'était un si hardi et si rusé coquin que, même en le gardant de cette manière, ils n'étaient pas très sûrs de le tenir, et qu'ils avaient toujours peur qu'il ne vînt à leur échapper.

— Mais quels grands crimes a-t-il donc faits, demanda don Quichotte, s'ils ne méritent pas plus que les galères ?

— Il y est pour dix ans, répondit le gardien, ce qui emporte la mort civile[1]. Mais il n'y a rien de plus à dire, sinon que c'est le fameux Ginès de Passamont, autrement dit Ginésille de Parapilla.

— Holà ! seigneur commissaire, dit alors le galérien, tout doucement, s'il vous plaît, et ne nous amusons pas à épiloguer[2] sur les noms et surnoms. Je m'appelle Ginès et non Ginésille ; et Passamont est mon nom de famille, non point Parapilla, comme vous dites. Et que chacun à la ronde se tourne et s'examine, et ce ne sera pas mal fait.

— Parlez un peu moins haut, seigneur larron[3] de la grande espèce, répliqua le commissaire, si vous n'avez envie que je vous fasse taire par les épaules.

— On voit bien, reprit le galérien, que l'homme va comme il plaît à Dieu ; mais, quelque jour, quelqu'un saura si je m'appelle ou non Ginésille de Parapilla.

---

1. Ce qui entraîne la privation de tous droits.
2. Faire de longs commentaires.
3. Voleur de gros calibre.

— N'est-ce pas ainsi qu'on t'appelle, imposteur ? s'écria le gardien.

— Oui, je le sais bien, reprit le forçat ; mais je ferai en sorte qu'on ne me donne plus ce nom, ou bien je m'arracherai la barbe, comme je le dis entre mes dents.

Alors, don Quichotte, s'adressant à tous les forçats de la chaîne, déclara :

— De tout ce que vous venez de me dire, mes très chers frères, je découvre clairement que, bien qu'on vous ait punis pour vos fautes, les châtiments que vous allez subir ne sont pas fort de votre goût, et qu'enfin vous allez aux galères tout à fait contre votre gré. Tout cela maintenant s'offre à ma mémoire pour me dire et me persuader que je dois montrer à votre égard pourquoi le ciel m'a mis au monde, pourquoi il a voulu que je fisse profession dans l'ordre de chevalerie dont je suis membre, et pourquoi j'ai fait vœu de porter secours aux malheureux et aux faibles qu'oppriment les forts. Je veux donc prier messieurs les gardiens et monsieur le commissaire de vouloir bien vous détacher et vous laisser aller en paix.

— Voilà, pardieu, une gracieuse plaisanterie ! s'écria le commissaire. Allons donc, seigneur, passez votre chemin.

Don Quichotte, furieux de ce ton, sans dire gare, s'élance sur lui et le jette sur le carreau[1], grièvement

1. Sur le sol.

blessé d'un coup de lance. Les autres gardes restèrent d'abord étonnés et stupéfaits à cette attaque inattendue ; mais, reprenant bientôt leurs esprits, ils empoignèrent, ceux à cheval leurs épées, ceux à pied leurs piques, et assaillirent tous ensemble don Quichotte, qui les attendait avec un merveilleux sang-froid. Et sans doute il eût passé un mauvais quart d'heure si les galériens, voyant cette belle occasion de recouvrer la liberté, n'eussent fait tous leurs efforts pour rompre la chaîne où ils étaient attachés côte à côte. La confusion devint alors si grande que les gardiens, tantôt accourant aux forçats qui se détachaient, tantôt attaquant don Quichotte, ne firent enfin rien qui vaille, et s'échappèrent en fuyant. Appelant alors tous les galériens qui couraient pêle-mêle, et qui avaient dépouillé le commissaire jusqu'à la peau, ces honnêtes gens se mirent en rond autour de lui pour voir ce qu'il leur voulait. Don Quichotte leur tint ce discours :

— Il est d'un homme bien né d'être reconnaissant des bienfaits qu'il reçoit, et l'un des péchés qui offensent Dieu davantage, c'est l'ingratitude. Je désire, ou plutôt telle est ma volonté, que, chargés de cette chaîne dont j'ai délivré vos épaules, vous vous mettiez immédiatement en chemin pour vous rendre à la cité du Toboso ; que là vous vous présentiez devant ma dame, Dulcinée du Toboso, à laquelle vous direz que son chevalier, celui de la Triste-

Figure, lui envoie ses compliments, et vous lui conterez mot pour mot tous les détails de cette fameuse aventure. Après quoi vous pourrez vous retirer et vous en aller chacun à la bonne aventure.

Ginès de Passamont, se chargeant de répondre pour tous, dit à don Quichotte :

— Ce que Votre Grâce nous ordonne, seigneur chevalier notre libérateur, est impossible à faire, de toute impossibilité ; nous demander une telle folie, c'est demander des poires à l'ormeau[1].

— Eh bien ! je jure Dieu, s'écria don Quichotte, s'enflammant de colère, fils de mauvaise maison, vous irez tout seul, l'oreille basse et la queue entre les jambes, avec toute la chaîne sur le dos.

Le forçat, se voyant traiter si cavalièrement, cligna de l'œil à ses compagnons, lesquels, s'éloignant tout d'une volée, firent pleuvoir sur don Quichotte une telle grêle de pierres qu'il n'avait pas assez de mains pour se couvrir. Dès qu'il fut tombé, le forçat lui sauta dessus et lui ôta de la tête son plat à barbe[2], dont il lui donna trois ou quatre coups sur les épaules, puis qu'il frappa autant de fois sur la terre et qu'il mit presque en morceaux. Ces vauriens prirent ensuite au pauvre chevalier un pourpoint[3] à doubles manches qu'il portait par-dessus ses armes,

---

1. Jeune orme, arbre ne produisant pas de fruits.
2. Son bassin de barbier, qui lui servait de casque.
3. Vêtement de dessus à larges manches.

et lui auraient enlevé jusqu'à ses bas si l'armure ne les en eût empêchés. Ils débarrassèrent aussi Sancho de son manteau court, et le laissèrent en justaucorps[1] ; puis, ayant partagé entre eux tout le butin de la bataille, ils s'échappèrent chacun de son côté. Il ne resta plus sur la place que l'âne, Rossinante, Sancho et don Quichotte.

1. Vêtement de dessous serré à la taille.

6

De ce qui arriva au fameux don Quichotte dans la Sierra-Morena[1], l'une des plus rares aventures que rapporte cette véridique histoire

Don Quichotte, se voyant en si triste état, dit à son écuyer :

— Sancho, si j'avais cru ce que tu m'as dit, j'aurais évité ce déboire ; mais la chose est faite, prenons patience pour le moment, et tirons expérience pour l'avenir.

— Vous tirerez expérience, répondit Sancho, tout comme je suis Turc. Mais, puisque vous dites que, si vous m'eussiez cru, vous eussiez évité ce malheur,

1. Zone montagneuse de la Manche, située dans la province de Ciudad Real.

croyez-moi maintenant, et vous en éviterez un bien plus grand encore. Car je vous déclare qu'avec la police de la Sainte-Hermandad[1] il n'y a pas de chevalerie qui tienne, et qu'elle ne fait pas cas de tous les chevaliers errants du monde. Tenez, il me semble déjà que ses flèches me sifflent aux oreilles.

— Tu es naturellement poltron, Sancho, reprit don Quichotte, mais, pour cette fois, je veux suivre ton avis, et me mettre à l'abri de ce cour roux qui te fait si peur. Mais c'est à une condition : que jamais, en la vie ou en la mort, tu ne diras à personne que je me suis éloigné et retiré de ce péril par frayeur.

— Seigneur, répondit Sancho, se retirer, ce n'est pas fuir.

Don Quichotte monta sur sa bête sans répliquer un mot ; et, Sancho prenant les devants sur son âne, ils entrèrent dans une gorge de la Sierra-Morena, dont ils étaient proches.

Les deux voyageurs arrivèrent cette nuit même au cœur de la Sierra-Morena, où Sancho trouva bon de faire halte, et même de passer quelques jours, au moins tant que dureraient les vivres. Ils s'arrangèrent donc pour la nuit entre deux roches et quantité de grands lièges[2]. Mais la destinée voulut que Ginès de Passamont, cet insigne voleur qu'avaient délivré de

1. Sorte de gendarmerie rurale chargée de la sécurité dans les campagnes.
2. Chênes-lièges.

la chaîne la vertu et la folie de don Quichotte, poussé par la crainte de la Sainte-Hermandad, eût aussi songé à se cacher dans ces montagnes. Elle voulut de plus que sa frayeur et son étoile l'eussent conduit précisément où s'étaient arrêtés don Quichotte et Sancho Panza, qu'il reconnut aussitôt, et qu'il laissa paisiblement s'endormir. Sancho dormait ; Ginès lui vola son âne, et, avant que le jour vînt, il était trop loin pour qu'on pût le rattraper.

L'aurore parut, réjouissant la terre et attristant le bon Sancho Panza ; car, ne trouvant plus son âne, et se voyant sans lui, il se mit à faire les plus tristes et les plus douloureuses lamentations, tellement que don Quichotte s'éveilla au bruit de ses plaintes. Quand il vit les pleurs de Sancho et en apprit la cause, il lui promit de lui donner une lettre de change[1] de trois ânons sur cinq qu'il avait laissés dans son écurie. À cette promesse, Sancho se consola, sécha ses larmes, calma ses sanglots, et remercia son maître de la faveur qu'il lui faisait.

Celui-ci, dès qu'il eut pénétré dans ces montagnes, qui lui semblaient des lieux tout à fait propres aux aventures qu'il cherchait, s'était senti le cœur bondir de joie. Quant à Sancho, il n'avait d'autre souci que de restaurer son estomac, tirant de la nourriture du sac pour mettre en son ventre.

---

1. Lettre commerciale, par laquelle don Quichotte s'engagera à lui remettre les ânons (voir la lettre p. 57).

Cela fait, il parla à son maître :

— Mais, seigneur, est-ce une bonne règle de chevalerie que nous allions ainsi par ces montagnes comme des enfants perdus, sans chemin ni sentier ?

— Tais-toi, Sancho, reprit don Quichotte ; car il faut que tu saches que ce qui m'amène dans ces lieux déserts, c'est le désir que j'ai d'y faire une prouesse capable d'éterniser mon nom et de répandre ma renommée sur toute la face de la terre.

— Et cette prouesse est-elle bien périlleuse ? demanda Sancho.

— Non, répondit le chevalier de la Triste-Figure. Mais tout dépendra de ta diligence[1].

— Comment de ma diligence ? reprit Sancho.

— Oui, reprit don Quichotte, car, si tu reviens vite, d'où je vais t'envoyer, vite finira ma peine et vite commencera ma gloire. Je veux que tu saches, ô Sancho, que le fameux Amadis de Gaule[2] fut un des plus parfaits chevaliers errants ; que dis-je ? un des plus parfaits ! le seul, l'unique, le premier, le seigneur de tous les chevaliers. Or l'une des choses où ce chevalier fit le plus éclater sa prudence, sa valeur, sa fermeté, sa patience et son amour, ce fut quand il se retira, dédaigné par sa dame Oriane, pour faire pénitence sur la Roche-Pauvre, après avoir changé son

---

1. Empressement, zèle, avec lesquels Sancho réalisera ce qui lui est demandé.
2. Héros d'un célèbre roman de chevalerie du même nom, publié en 1508 par l'écrivain espagnol Garci Rodríguez de Montalvo.

nom en celui du Beau-Ténébreux, nom significatif, à coup sûr, et bien propre à la vie qu'il s'était volontairement imposée. Or il m'est plus facile de l'imiter en cela qu'à pourfendre des géants, à défaire des armées et à détruire des enchantements.

— En fin de compte, demanda Sancho, qu'est-ce que Votre Grâce prétend faire dans cet endroit si écarté ?

— Ne t'ai-je pas dit, répondit don Quichotte, que je veux imiter Amadis faisant le désespéré, l'insensé, le furieux ?

— Quant à moi, dit Sancho, il me semble que les chevaliers qui en agirent de la sorte y furent provoqués, et qu'ils avaient des raisons pour faire ces sottises et ces pénitences. Mais vous, mon seigneur, quelle raison avez-vous de devenir fou ?

— Eh ! par Dieu, voilà le point, répondit don Quichotte ; le mérite est de perdre le jugement sans sujet et de faire dire à ma dame : « S'il fait de telles choses à froid, que ferait-il donc à chaud ? » D'ailleurs, n'ai-je pas un motif bien suffisant dans la longue absence qui me sépare de ma dame et toujours maîtresse Dulcinée du Toboso ? Ainsi donc, ami Sancho, ne perds pas en vain le temps à me conseiller. Fou je suis, et fou je dois être jusqu'à ce que tu reviennes avec la réponse d'une lettre que je pense te faire porter à ma dame Dulcinée. Si cette réponse est telle que je la mérite, aussitôt cesseront ma folie et ma pénitence ; si le contraire arrive, alors je deviendrai fou tout de bon.

Ils arrivèrent, tout en causant ainsi, au pied d'une haute montagne qui s'élevait seule, comme une roche taillée en pic, au milieu de plusieurs autre dont elle était entourée. Ce fut le lieu que choisit le chevalier de la Triste-Figure pour faire sa pénitence.

Sancho, voyant que son maître n'allait pas changer d'avis, s'écria :

— En vérité, seigneur chevalier de la Triste-Figure, si mon départ et votre folie ne sont pas pour rire, mais tout de bon, il sera fort à propos de resseller Rossinante, car si je fais à pied le chemin, je ne sais ni quand j'arriverai ni quand je reviendrai, tant je suis pauvre marcheur.

— Je dis, Sancho, répondit don Quichotte, que tu fasses comme tu voudras, et que ton idée ne me semble pas mauvaise.

Puis il prit des tablettes et, se mettant à l'écart, il commença d'un grand sang-froid à écrire la lettre. Quand il l'eut finie, il appela Sancho et lui dit qu'il voulait la lui lire.

— Écoute donc, reprit don Quichotte, voici comment elle est conçue :

— Lettre de don Quichotte à Dulcinée du Toboso.

Haute et souveraine dame,

« Le blessé dans l'intime région du cœur, dulcissime Dulcinée du Toboso, te souhaite la bonne santé dont il ne jouit plus. Mon bon écuyer Sancho te fera une relation complète, ô belle ingrate, ô ennemie adorée, de l'état où je me trouve à ton intention. S'il te plaît de me secourir, je suis à toi ; sinon fais à ta fantaisie, car, en terminant mes jours, j'aurai satisfait à mon désir et à ta cruauté.

« À toi jusqu'à la mort,
« Le chevalier de la Triste-Figure.

— Par la vie de mon père ! s'écria Sancho, quand il eut entendu lire cette lettre, voilà bien la plus haute et la plus merveilleuse pièce que j'aie jamais entendue ! Peste ! comme Votre Grâce lui dit bien là tout ce qu'elle veut lui dire ! Maintenant, mettez au revers de la page un mot pour les trois ânons, et signez-la très clairement.

— Volontiers, dit don Quichotte.

Et l'ayant écrite, il en lut ensuite le contenu :

« Veuillez, madame ma nièce, payer sur cette première d'ânons, à Sancho Panza, mon écuyer, trois des cinq que j'ai laissés à la maison, et qui sont confiés aux soins de Votre Grâce. Fait dans les entrailles de la Sierra-Morena, le 27 août de la présente année.

— C'est très bien, s'écria Sancho, Votre Grâce n'a plus qu'à signer.

— Il n'est pas besoin de signature, dit don Quichotte ; je vais mettre seulement mon parafe[1], ce qui vaudra tout autant que la signature, non pour trois ânes, mais pour trois cents.

— Je me fie en Votre Grâce, reprit Sancho. Laissez maintenant que j'aille seller Rossinante, et préparez-vous à me donner votre bénédiction ; car je veux me mettre en route tout à l'heure, sans voir les extravagances que vous avez à faire, et je saurai bien dire que je vous ai vu faire à bouche que veux-tu[2].

— Pour le moins, je veux, Sancho, repartit don Quichotte, et c'est tout à fait nécessaire, je veux, dis-je, que tu me voies tout nu, sans autre habit que la peau, faire une ou deux douzaines de folies. Ce sera fini en moins d'une demi-heure ; mais quand tu auras vu celles-là de tes propres yeux, tu pourras juger en conscience pour toutes celles qu'il te plaira d'ajouter, et je t'assure bien que tu n'en diras pas autant que je pense en faire.

— Par l'amour de Dieu, mon bon seigneur, s'écria Sancho, que je ne voie pas la peau de Votre Grâce ! j'en aurais trop de compassion, et ne pourrais m'empêcher de pleurer ; et pour avoir pleuré hier

1. Signature abrégée (souvent réduite aux initiales).
2. Je vous ai vu tant faire que je n'en veux pas voir davantage.

soir le pauvre grison[1], j'ai la tête si malade que je ne suis pas en état de me remettre à de nouveaux pleurs. Si Votre Grâce veut à toute force que je voie quelques-unes de ses folies, faites-les tout habillé, courtes et les premières venues. D'ailleurs, quant à moi, rien de cela n'est nécessaire, et, comme je vous l'ai dit, ce serait abréger le voyage et hâter mon retour, qui doit vous rapporter d'aussi bonnes nouvelles que Votre Grâce les désire et les mérite. Sinon, par ma foi, que Mme Dulcinée se tienne bien ! Si elle ne répond pas comme la raison l'exige, je fais vœu solennel à qui m'entend de lui arracher la bonne réponse de l'estomac à coups de pied et à coups de poing. Car enfin qui peut souffrir qu'un chevalier errant aussi fameux que Votre Grâce aille devenir fou sans rime ni raison pour une... Que la bonne dame ne me le fasse pas dire, car, au nom de Dieu, je lâche ma langue et lui crache son fait à la figure. Ah ! je suis bon, vraiment pour ces gentillesses. Elle ne me connaît guère, et, si elle me connaissait, elle me jeûnerait comme la veille d'un saint[2].

— Par ma foi, Sancho, interrompit don Quichotte, à ce qu'il paraît, tu n'es guère plus sage que moi.

— Je ne suis pas si fou, reprit Sancho, mais je suis

1. Nom familier de l'âne.
2. Elle me respecterait (comme on se doit de respecter les prescriptions religieuses).

plus colère. Maintenant, laissant cela de côté, qu'est-ce que Votre Grâce va manger en attendant que je revienne ? Allez-vous vous mettre en embuscade et prendre de force votre nourriture aux bergers ?

— Que cela ne te donne pas de souci, répondit don Quichotte.

Puis Sancho vint demander à son seigneur sa bénédiction, et, non sans avoir beaucoup pleuré tous deux, il prit congé de lui, au grand déplaisir de don Quichotte, qui aurait voulu lui faire voir au moins une ou deux de ses folies.

Mais Sancho n'avait pas encore fait cent pas qu'il revint, et dit à son maître :

— Je dis, seigneur, que Votre Grâce avait raison ; pour que je puisse jurer en repos de conscience que je lui ai vu faire des folies, il sera bon que j'en voie pour le moins une.

— Ne te l'avais-je pas dit ? s'écria don Quichotte. Attends, Sancho ; en moins d'un credo[1] ce sera fait.

Aussitôt, tirant ses chausses[2] en toute hâte, il resta nu en pan de chemise ; puis, sans autre façon, il se donna du talon dans le derrière, fit deux cabrioles en l'air et deux culbutes, la tête en bas et les pieds en haut, découvrant de telles choses que, pour ne les pas voir davantage, Sancho tourna bride et se tint pour

1. En moins d'un tour de main (le credo désigne les articles fondamentaux de la foi catholique).

2. Vêtement masculin qui couvrait le corps depuis la ceinture jusqu'aux pieds (bas-de-chausses).

satisfait de pouvoir jurer que son maître demeurait fou.

Dès qu'il eut gagné la grand-route, il se mit en quête du Toboso, et atteignit le lendemain l'hôtellerie où lui était arrivée la disgrâce des sauts sur la couverture. À peine l'eut-il aperçue qu'il s'imagina voltiger une seconde fois par les airs, et il résolut bien de ne pas y entrer. N'ayant depuis bien des jours rien mangé que des provisions froides, son estomac le força cependant à s'approcher de l'hôtellerie. Deux hommes en sortirent alors et, dès qu'ils l'eurent aperçu, l'un d'eux dit à l'autre :

— Dites-moi, seigneur licencié, cet homme à cheval, n'est-ce pas Sancho Panza, celui que la gouvernante de notre aventurier prétend avoir suivi son maître pour lui servir d'écuyer ?

— C'est lui-même, répondit le curé, et voilà le cheval de notre don Quichotte.

Ils avaient, en effet, reconnu facilement l'homme et sa monture ; car c'étaient le curé et le barbier du village, ceux qui avaient fait le procès et l'autodafé des livres de chevalerie. Aussitôt ils s'approchèrent du cavalier, et le curé, l'appelant par son nom :

— Ami Sancho Panza, lui dit-il, qu'est-ce que fait votre maître ? L'avez-vous assassiné et volé, car enfin vous voilà monté sur son cheval. Et, par Dieu ! vous nous rendrez compte du maître de la bête, ou gare à votre gosier.

— Oh ! répondit Sancho, je ne suis pas homme à tuer ni voler personne. Mon maître est au beau milieu de ces montagnes, à faire pénitence tout à son aise.

Et sur-le-champ il leur conta, d'un seul trait et sans prendre haleine, en quel état il l'avait laissé, les aventures qui leur étaient arrivées, et comment il portait une lettre à Mme Dulcinée du Toboso, qui était la fille de Lorenzo Corchuelo, dont son maître avait le cœur épris jusqu'au foie.

Les deux questionneurs restèrent tout ébahis de ce que leur contait Sancho ; et, bien qu'ils connussent déjà la folie de don Quichotte et l'étrange nature de cette folie, leur étonnement redoublait toutes les fois qu'ils en apprenaient des nouvelles. Il ajouta que son seigneur, dès qu'il aurait reçu de favorables dépêches de sa dame Dulcinée du Toboso, allait se mettre en campagne pour tâcher de devenir empereur, ou monarque pour le moins, ainsi qu'ils en étaient convenus entre eux ; et que c'était une chose toute simple et très facile, tant était grande la valeur de sa personne et la force de son bras ; puis, qu'aussitôt qu'il serait monté sur le trône, il le marierait, lui Sancho, qui serait alors veuf, parce qu'il ne pouvait en être autrement, et qu'il lui donnerait pour femme une suivante de l'impératrice, héritière d'un riche et grand État en terre ferme, n'ayant pas plus d'îles que d'îlots, desquels il ne se souciait plus.

Sancho débitait tout cela d'un air si grave, en s'essuyant de temps en temps le nez et la barbe, et d'un ton si dénué de bon sens que les deux autres tombaient de leur haut, considérant quelle violence devait avoir eue la folie de don Quichotte, puisqu'elle avait emporté après elle la raison de ce pauvre homme. Ils ne voulurent pas se fatiguer à le tirer de l'erreur où il était, car il leur apparut que, sa conscience n'étant point en péril, le mieux était de l'y laisser, et qu'il serait bien plus divertissant pour eux d'entendre ses extravagances. Aussi lui dirent-ils de prier Dieu pour la santé de son seigneur, et qu'il était dans les futurs contingents et les choses hypothétiques[1] qu'avec le cours du temps il devînt empereur ou pour le moins archevêque, ou dignitaire d'un ordre équivalent.

— En ce cas, seigneurs, répondit Sancho, si la fortune embrouillait les affaires de façon qu'il prît fantaisie à mon maître de ne plus être empereur, mais archevêque, je voudrais bien savoir dès à présent ce qu'ont l'habitude de donner à leurs écuyers les archevêques errants.

— Ils ont l'habitude, répondit le curé, de leur donner, soit un bénéfice[2] simple, soit un bénéfice à

1. Et que c'était chose possible et fort faisable.
2. Patrimoine attaché au titulaire d'une fonction ecclésiastique ; le bénéfice à charge d'âmes oblige à être prêtre.

charge d'âmes, soit quelque sacristie[1] qui leur rapporte un bon revenu de rente fixe.

— Mais pour cela, répondit Sancho, il sera nécessaire que l'écuyer ne soit pas marié, et qu'il sache tout au moins servir la messe. S'il en est ainsi, malheur à moi qui suis marié pour mes péchés, et qui ne sais pas la première lettre de l'A B C ! Que sera-ce de moi, bon Dieu ! si mon maître se fourre dans la tête d'être archevêque et non pas empereur, comme c'est la mode et la coutume des chevaliers errants ?

— Ne vous mettez pas en peine, ami Sancho, reprit le barbier ; nous aurons soin de prier votre maître et nous lui en donnerons le conseil, et nous lui en ferons au besoin un cas de conscience de devenir empereur, et non archevêque, ce qui lui sera plus facile, car il est plus brave que savant.

— C'est bien aussi ce que j'ai toujours cru, répondit Sancho, quoique je puisse dire qu'il est propre à tout. Mais ce que je pense faire de mon côté, c'est de prier notre Seigneur qu'il l'envoie justement là où il trouvera le mieux son affaire, et le moyen de m'accorder les plus grandes faveurs.

Ensuite, les deux amis se mirent à disserter ensemble sur les moyens qu'il fallait employer pour arracher don Quichotte à son extravagante péni-

1. Profit tiré de ce qui est donné pour faire dire des messes, des services et des prières.

tence. Et le curé vint à s'arrêter à une idée parfaitement conforme au goût de don Quichotte, ainsi qu'à leur intention.

— Ce que j'ai pensé, dit-il au barbier, c'est de prendre le costume d'une damoiselle errante tandis que vous vous arrangerez le mieux possible en écuyer. Nous irons ensuite trouver don Quichotte ; et puis, feignant d'être une damoiselle affligée et quêtant du secours, je lui demanderai un don, qu'il ne pourra manquer de m'octroyer, en qualité de valeureux chevalier errant, et ce don que je pense réclamer, c'est qu'il m'accompagne où il me plaira de le conduire, pour défaire un tort que m'a fait un chevalier félon. Je ne doute point que don Quichotte ne se rende à tout ce qui lui sera demandé sous cette forme, et nous pourrons ainsi le tirer de là, pour le ramener au pays, où nous essayerons de trouver quelque remède à son étrange folie.

Le barbier conseilla plutôt d'engager une vraie jeune fille dans l'affaire, et le curé pensa à sa nièce Dorothée, qui vivait non loin. Ils allèrent la trouver.

7

Qui traite du gracieux artifice qu'on employa pour tirer notre amoureux chevalier de sa rude pénitence

Dorothée s'offrit de bonne grâce à jouer elle-même le rôle de la demoiselle affligée, ajoutant qu'on pouvait lui laisser le soin de représenter ce personnage parce qu'elle avait lu assez de livres de chevalerie pour savoir en quel style les damoiselles désolées demandaient un don aux chevaliers errants.

— À la bonne heure, donc, s'écria le curé ; il n'est plus besoin que de se mettre à l'œuvre. En vérité, la fortune se déclare en notre faveur.

Dorothée tira sur-le-champ de son paquet une jupe entière de fine et riche étoffe, ainsi qu'un mantelet de brocart[1] vert, et, d'un écrin, un collier de perles avec d'autres bijoux. En un instant, elle fut parée de manière à passer pour une riche et grande dame. Ils allèrent ensuite rejoindre Sancho, et décidèrent de ne pas le mettre dans le secret. Celui-ci, aussi fou que son maître, crut aussitôt à la naissance royale de Dorothée qui se proclamait reine en Éthiopie, sous le nom de Micomicona, nom que la fantaisie du curé avait trouvé pour elle.

Dorothée s'était mise sur la mule du curé, qui la suivait avec le barbier. Ils étaient tous deux déguisés pour ne point être reconnus par don Quichotte.

Après avoir fait environ trois quarts de lieue, elle et ses compagnons découvrirent don Quichotte au milieu d'un groupe de roches amoncelées, habillé déjà, mais non point armé. Dès que Dorothée l'eut aperçu, et qu'elle eut appris de Sancho que c'était don Quichotte, elle alla se jeter aux pieds de ce dernier, et, bien que celui-ci fît tous ses efforts pour la relever, elle, s'y refusant, lui parla de la sorte :

— D'ici, je ne me lèverai plus, ô valeureux et redoutable chevalier, que votre magnanime courtoisie ne m'ait octroyé un don[2].

— Je ne vous répondrai pas un mot, belle et noble dame, répondit don Quichotte, et n'écouterai rien de vos aventures que vous ne soyez relevée de terre.

---

1. Riche tissu de soie rehaussé de dessins brochés en fils d'or et d'argent.
2. Accordé une faveur.

— Et moi, je ne me relèverai point, seigneur, répliqua la damoiselle affligée, avant que, par votre courtoisie, ne me soit octroyé le don que j'implore.

— Je vous l'octroie et concède, répondit don Quichotte, pourvu qu'il ne doive pas s'accomplir au préjudice ou au déshonneur de mon roi, de ma patrie et de celle qui tient la clef de mon cœur et de ma liberté.

— Ce ne sera ni au préjudice ni au déshonneur de ceux que vous venez de nommer, mon bon seigneur, reprit la dolente[1] damoiselle.

Mais, comme elle allait continuer, Sancho s'approcha de l'oreille de son maître et lui dit tout bas :

— Par ma foi, seigneur, Votre Grâce peut bien lui accorder le don qu'elle réclame ; c'est l'affaire de rien ; il ne s'agit que de tuer un gros lourdaud de géant ; et celle qui vous demande ce petit service est la haute princesse Micomicona, reine du grand royaume de Micomicon en Éthiopie.

— Qui qu'elle soit, répondit don Quichotte, je ferai ce que je suis obligé de faire et ce que me dicte ma conscience, d'accord avec les lois de ma profession.

Puis, se tournant vers la demoiselle :

— Que votre extrême beauté se lève, lui dit-il ; je lui octroie le don qu'il lui plaira de me demander.

— Eh bien donc, s'écria la damoiselle, celui que

1. Qui se sent malheureuse et cherche à se faire plaindre.

je vous demande, c'est que votre magnanime personne s'en vienne sur-le-champ avec moi où je la conduirai, et qu'elle me promette de ne s'engager en aucune aventure, jusqu'à ce qu'elle m'ait vengée d'un traître qui, contre tout droit du ciel et des hommes, a usurpé mon royaume.

— Je répète que je vous l'octroie, reprit don Quichotte ; ainsi, vous pouvez dès aujourd'hui, madame, chasser la mélancolie qui vous oppresse, et reprendre courage. Avec l'aide de Dieu et celle de mon bras, vous vous verrez bientôt de retour dans votre royaume, et rassise sur le trône des grands États de vos ancêtres, en dépit de tous les félons.

La nécessiteuse damoiselle fit alors mine de vouloir lui baiser les mains, mais don Quichotte, qui était en toute chose un galant et courtois chevalier, ne voulut jamais y consentir. Au contraire, il la fit relever et l'embrassa respectueusement ; puis il ordonna à Sancho de bien serrer les sangles à Rossinante, et de l'armer lui-même sans délai.

Et tous se mirent en route, Dorothée, le curé et le barbier, sous leurs déguisements, ainsi que don Quichotte et Sancho.

En chemin don Quichotte interrogea la belle dame :

— Je vous supplie de me dire, si toutefois vous n'y trouvez nul déplaisir, quel est le sujet de votre affliction.

— C'est ce que je ferai de bien bon cœur, répondit Dorothée, s'il ne vous déplaît pas d'entendre des malheurs et des plaintes.

— Non, sans doute, répliqua don Quichotte.

— En ce cas, reprit Dorothée, que Vos Grâces me prêtent leur attention.

À peine eut-elle ainsi parlé que le curé et le barbier se placèrent à côté d'elle, désireux de voir comment la discrète Dorothée conterait sa feinte histoire ; et Sancho fit de même, aussi abusé que son maître sur le compte de la princesse. Après s'être bien affermie sur sa selle, elle commença de la sorte, avec beaucoup d'aisance et de grâce :

— Avant tout, mes seigneurs, je veux faire savoir à Vos Grâces qu'on m'appelle...

Ici, elle hésita un moment, ne se souvenant plus du nom que le curé lui avait donné ; mais celui-ci vint à son aide et lui dit :

— C'est l'effet ordinaire du malheur d'ôter parfois la mémoire à ceux qu'il a frappés, tellement qu'ils oublient jusqu'à leurs propres noms, comme il vient d'arriver à Votre Seigneurie, qui semble ne plus se souvenir qu'elle s'appelle la princesse Micomicona, légitime héritière du grand royaume de Micomicon.

— Ce que vous dites est bien vrai, répondit la damoiselle, mais je crois qu'il ne sera pas désormais nécessaire de me rien indiquer ni souffler, et que je mènerai à bon port ma véridique histoire. La voici donc.

« Le roi mon père, qui se nommait Tinacrio le Sage, fut très versé[1] dans la science qu'on appelle magie. Il découvrit, à l'aide de son art, que ma mère, nommée la reine Xaramilla, devait mourir avant lui, et que lui-même, peu de temps après, passerait de cette vie dans l'autre de sorte que je resterais orpheline de père et de mère. Il disait toutefois que cette pensée ne l'affligeait pas autant que de savoir, de science certaine, qu'un effroyable géant, seigneur d'une grande île qui touche presque à notre royaume, nommé Pantafilando, dès qu'il apprendrait que j'étais orpheline, devait venir fondre avec une grande armée sur mon royaume, mais que je pourrais éviter ce malheur et cette ruine si je consentais à me marier avec lui. Seulement, mon père voyait bien que jamais je ne pourrais me résoudre à un tel mariage. Il dit donc qu'après qu'il serait mort, et que je verrais Pantafilando commencer à envahir mon royaume, je ne songeasse aucunement à me mettre en défense, ce qui serait courir à ma perte ; mais que je lui abandonnasse librement le royaume, et que je devais sur-le-champ prendre avec quelques-uns des miens le chemin de l'Espagne, où je trouverais le remède à mes maux dans la personne d'un chevalier

1. Expérimenté et savant.

errant qui s'appellerait, si j'ai bonne mémoire, don Fricote, ou don Gigote...

— C'est don Quichotte qu'il aura dit, madame, interrompit en ce moment Sancho Panza, autrement dit le chevalier de la Triste-Figure.

— Certainement, reprit Dorothée. Et en effet, j'étais à peine débarquée en Espagne que j'entendis raconter de lui tant de prouesses qu'aussitôt le cœur me dit que c'était bien celui que je venais chercher. Et ç'a été pour moi une si bonne fortune de rencontrer le seigneur don Quichotte que déjà je me regarde et me tiens pour reine et maîtresse de tout mon royaume ; car, dans sa courtoisie et sa munificence, il m'a octroyé le don de me suivre où il me plairait de le mener, ce qui ne sera pas ailleurs qu'en face de Pantafilando pour qu'il lui ôte la vie et me fasse restituer ce que ce traître a usurpé. Tout cela doit arriver au pied de la lettre, comme l'a prophétisé Tinacrio le Sage, mon bon père, lequel a également laissé par écrit, en lettres grecques ou chaldéennes[1] (je n'y sais pas lire), que si le chevalier de la prophétie, après avoir coupé la tête au géant, voulait se marier avec moi, je devais, sans réplique, me livrer à lui pour sa légitime épouse et lui donner la possession de mon royaume en même temps que celle de ma personne.

— Eh bien ! que t'en semble, ami Sancho ? dit à cet instant don Quichotte. Ne vois-tu pas ce qui se

1. De Chaldée, ancienne contrée orientale correspondant à la Babylonie.

passe ? Ne te l'avais-je pas dit ? Regarde si nous n'avons pas maintenant royaume à gouverner et reine à épouser ?

— J'en jure par ma barbe, s'écria Sancho.

En disant cela, il fit en l'air deux gambades[1], se frappant le derrière du talon, avec tous les signes d'une grande joie.

Qui des assistants aurait pu s'empêcher de rire, en voyant la folie du maître et la simplicité du valet ? Dorothée, en effet, présenta sa main à Sancho, et lui promit de le faire grand seigneur dans son royaume, dès que le ciel lui aurait accordé la grâce d'en recouvrer la paisible possession. Sancho lui offrit ses remerciements en termes tels qu'il fit éclater de nouveaux rires.

— Voilà, seigneur, poursuivit Dorothée, ma fidèle histoire. Je n'ai plus rien à vous dire, si ce n'est que de tous les gens venus de mon royaume à ma suite, il ne me reste que ces deux écuyers barbus : tous les autres se sont noyés dans une grande tempête que nous essuyâmes en vue du port.

Don Quichotte répondit de la sorte :

— Après que je lui aurai tranché la tête, et que je vous aurai remise en paisible possession de vos États, vous resterez avec la pleine liberté de faire de votre personne tout ce que bon vous semblera ; car, tant que j'aurai la mémoire occupée, par celle... Je ne dis

1. Sauts avec mouvements des jambes, marquant de la gaieté.

rien de plus, et ne saurais envisager, même en pensée, le projet de me marier.

Sancho se trouva si choqué des dernières paroles de son maître, et de son refus de mariage que, plein de courroux, il s'écria en élevant la voix :

— Je jure Dieu, et je jure diable, seigneur don Quichotte, que Votre Grâce n'a pas maintenant le sens commun ! Comment est-il possible que vous hésitiez à épouser une aussi haute princesse que celle-là ? Pensez-vous que la fortune va vous offrir à chaque bout de champ une bonne aventure comme celle qui se présente ? Est-ce que par hasard Mme Dulcinée est plus belle ? Non, par ma foi, pas même de moitié, et j'ai envie de dire qu'elle n'est pas digne de dénouer les souliers de celle qui est devant nous. J'attraperai, pardieu ! bien le comté que j'attends si Votre Grâce se met à chercher des perles dans les vignes ! Mariez-vous, mariez-vous vite, de par tous les diables, et prenez ce royaume qui vous tombe dans la main comme *vobis, vobis*[1] ; et quand vous serez roi, faites-moi marquis, ou gouverneur, et qu'ensuite Satan emporte tout le reste.

Don Quichotte, qui entendit proférer de tels blasphèmes contre sa Dulcinée, ne put se contenir. Il leva sa pique par le manche et, sans adresser une parole à Sancho, sans lui dire gare, il lui déchargea sur les reins deux coups de bâton tels qu'il le jeta par terre

1. Expression signifiant « comme par miracle », « tout rôti » (en latin).

et que, si Dorothée ne lui eût crié de finir, il l'aurait assurément tué sur la place.

Sancho se releva le plus promptement qu'il put, alla se cacher derrière le palefroi[1] de Dorothée et, de là, répondit à son maître :

— Dites-moi, seigneur, si Votre Grâce est bien décidée à ne pas se marier avec cette grande princesse, il est clair que le royaume ne sera point à vous, et, s'il n'est pas à vous, quelle faveur pouvez-vous me faire ? C'est de cela que je me plains.

— À présent, je te pardonne, reprit don Quichotte, et pardonne-moi aussi le petit déplaisir que je t'ai causé.

Sancho s'en alla, humble et tête basse, demander la main à son seigneur, qui la lui présenta d'un air grave et posé. Quand l'écuyer lui eut baisé la main, don Quichotte lui donna sa bénédiction, et lui dit de le suivre un peu à l'écart, qu'il avait des questions à lui faire et qu'il désirait causer de choses fort importantes. Sancho obéit, et quand ils eurent tous deux pris les devants, don Quichotte lui dit :

— Depuis que tu es de retour, je n'ai eu ni le temps ni l'occasion de t'interroger en détail sur l'ambassade que tu as remplie et sur la réponse que tu m'as apportée.

---

1. Cheval de cérémonie.

8

De l'exquise conversation qu'eut don Quichotte avec Sancho Panza, son écuyer, ainsi que d'autres aventures

— Quand tu lui as donné ma lettre, l'a-t-elle baisée ? L'a-t-elle élevée sur sa tête[1] ?

— Au moment où j'allais la lui remettre, répondit Sancho, elle secouait une bonne poignée de blé qu'elle était en train de vanner[2], alors elle me dit : « Mon garçon, mettez cette lettre sur ce sac ; je ne pense pas la lire que je n'aie fini de vanner tout ce qui est là. »

1. Signe de respect qu'on employait autrefois en Espagne pour honorer un document royal ou pontifical.

2. Secouer dans un van, de façon à nettoyer les grains de blé en les séparant de la paille, des poussières et des déchets.

— Ô discrète personne ! s'écria don Quichotte, c'était pour la lire à son aise et en savourer toutes les expressions. Continue, Sancho.

— Eh bien, la lettre, répondit Sancho, elle ne l'a pas lue, parce qu'elle dit qu'elle ne savait pas lire ni écrire ; mais, au contraire, elle la déchira et la mit en petits morceaux, disant qu'elle ne voulait pas que personne pût la lire, afin qu'on ne sût pas ses secrets dans le pays, et que c'était bien assez de ce que je lui avais dit verbalement touchant l'amour que Votre Grâce a pour elle, et la pénitence exorbitante que vous faites à son intention. Et finalement, elle me dit de dire à Votre Grâce qu'elle lui baise les mains, et qu'elle a plus envie de vous voir que de vous écrire ; et qu'ainsi elle vous supplie et vous ordonne qu'au reçu de la présente vous quittiez ces broussailles, et que vous cessiez de faire des sottises, et que vous preniez sur-le-champ le chemin du Toboso, si quelque affaire plus importante ne vous en empêche, car elle meurt d'envie de vous voir.

— Ah, je vois bien que je suis dans l'obligation d'obéir à son commandement, répliqua don Quichotte. Mais alors je me vois aussi dans l'impossibilité d'accomplir le don que j'ai octroyé à la princesse qui nous accompagne, et les lois de la chevalerie m'obligent à satisfaire plutôt à ma parole qu'à mon plaisir. D'une part, me presse et me sollicite le désir de revoir ma dame ; d'une autre part, m'excitent et m'appellent la foi promise et la gloire dont cette entreprise doit me combler. Mais voici ce que je pense faire : je vais cheminer en toute hâte et me rendre bien vite où se trouve ce géant ; en arrivant, je lui couperai la tête, et je rétablirai paisiblement la princesse dans ses États ; cela fait, je pars et viens revoir cet astre, dont la lumière illumine mes sens.

Sur cette résolution, il pressa le pas. Ainsi sans qu'il se passât aucun événement digne d'être conté, toute la troupe arriva le lendemain à l'hôtellerie, épouvante de Sancho Panza. Celui-ci aurait bien voulu n'y pas mettre les pieds ; mais il ne put éviter ce mauvais pas. L'hôte, l'hôtesse, leur fille et Maritornes, qui virent de loin venir don Quichotte et Sancho, sortirent à leur rencontre et les accueillirent avec de grands témoignages d'allégresse. Notre chevalier les reçut d'un air grave et solennel, et leur dit de lui préparer un lit meilleur que la première fois. L'hôtesse répondit que, pourvu qu'il payât mieux, il trouverait une couche de prince. Don Quichotte l'ayant promis, on lui dressa un lit passable dans ce même galetas[1] qui lui avait déjà servi d'appartement, et sur-le-champ il alla se coucher, car il avait le corps en aussi mauvais état que l'esprit.

Tous les gens de la maison étaient restés émerveillés de la beauté de Dorothée. Le curé fit préparer à dîner avec ce qui se trouvait à l'hôtellerie, et,

1. Logement pratiqué sous les combles.

dans l'espoir d'être grassement payé, l'hôte leur servit en diligence un passable repas.

Le lendemain le curé et le barbier, toujours déguisés, cherchèrent un moyen pour que, sans que Dorothée prît la peine d'accompagner don Quichotte jusqu'à son village en continuant la délivrance de la reine Micomicona, ils pussent l'y conduire, comme ils le désiraient, et tenter la guérison de sa folie. Ce qu'on arrêta d'un commun accord, ce fut de faire prix avec le charretier d'une charrette à bœufs, que le hasard fit passer par là, pour qu'il l'emmenât de la manière suivante : on fit une espèce de cage avec des bâtons entrelacés, où don Quichotte pût tenir à l'aise ; puis aussitôt, sur l'avis du curé, les valets de l'auberge se couvrirent tous le visage et se déguisèrent, celui-ci d'une façon, celui-là d'une autre, de manière qu'ils parussent à don Quichotte d'autres gens que ceux qu'il avait vus dans ce château. Cela fait, ils entrèrent en grand silence dans la chambre où il était couché, se reposant des alertes passées. Ils s'approchèrent du pauvre chevalier, qui dormait paisiblement et, le saisissant tous ensemble, ils lui lièrent si bien les mains et les pieds que, lorsqu'il s'éveilla en sursaut, il ne put ni remuer ni faire autre chose que de s'étonner et de s'extasier en voyant devant lui de si étranges figures. Il tomba sur-le-champ dans la croyance que son extravagante imagination lui rappelait sans cesse : il se persuada que tous ces personnages étaient des fantômes de ce château enchanté et que, sans nul doute, il était enchanté lui-même, puisqu'il ne pouvait ni bouger ni se défendre. C'était justement ainsi que le curé, inventeur de la ruse et de la machination, avait pensé que la chose arriverait.

De tous les assistants, le seul Sancho avait conservé son même bon sens et sa même figure ; et, quoiqu'il s'en fallût de fort peu qu'il ne partageât la maladie de son maître, il ne laissa pourtant pas de reconnaître qui étaient tous ces personnages contrefaits. Mais il n'osa pas découdre les lèvres avant d'avoir vu comment se terminerait cet assaut. Ce résultat fut qu'on apporta la cage auprès du lit de son maître, qu'on l'y enferma et qu'on cloua les madriers[1] si solidement qu'il aurait fallu plus de deux tours de reins pour les briser. On le prit ensuite à dos d'hommes, et, lorsqu'il sortait de l'appartement, on entendit une voix effroyable, autant du moins que put la faire le barbier, qui parlait de la sorte :

— Ô chevalier de la Triste-Figure, n'éprouve aucun déconfort de la prison où l'on t'emporte ; il doit en être ainsi pour que tu achèves plus promptement l'aventure que ton grand cœur t'a fait entreprendre. Bientôt, s'il plaît au grand harmonisateur des mondes, tu te verras emporté si haut que tu ne

1. Planches très épaisses.

pourras plus te reconnaître, et qu'ainsi seront accomplies les promesses de ton bon seigneur.

Don Quichotte se sentit consolé en écoutant la prophétie. Il s'écria en poussant un profond soupir :

— Ô toi, qui que tu sois, qui m'as prédit tant de bonheur, je t'en supplie, demande de ma part au sage enchanteur qui s'est chargé du soin de mes affaires, qu'il ne me laisse point périr en cette prison. Quant à Sancho Panza, mon écuyer, j'ai trop de confiance en sa droiture et en sa bonté pour craindre qu'il m'abandonne en la bonne ou en la mauvaise fortune.

À ces mots, Sancho Panza lui fit une révérence fort courtoise, et lui baisa les deux mains, car lui en baiser une n'était pas possible, puisqu'elles étaient attachées ensemble. Ensuite les fantômes prirent la cage sur leurs épaules et la chargèrent sur la charrette à bœufs.

9

De l'étrange manière dont fut enchanté don Quichotte de la Manche, avec d'autres fameux événements

Lorsque don Quichotte se vit encagé de cette façon et hissé sur la charrette, il se mit à dire :

— J'ai lu bien des histoires de chevaliers errants, de bien graves et de bien authentiques ; mais jamais je n'ai lu, ni vu, ni ouï dire qu'on emmenât ainsi les chevaliers enchantés, avec la lenteur que promet le pas de ces paresseux et tardifs animaux. En effet, on a toujours coutume de les emporter par les airs avec une excessive rapidité, enfermés dans quelque nuage obscur, ou portés sur un char de feu. Mais me voir à présent emmené sur une charrette à bœufs, vive

Dieu ! j'en suis tout confus. Néanmoins, peut-être que la chevalerie et les enchantements de nos temps modernes suivent une autre voie que ceux des temps anciens. Que t'en semble, mon fils Sancho ?

— Je ne sais trop ce qu'il m'en semble, répondit Sancho, car je n'ai pas tant lu que Votre Grâce ; mais, cependant, j'oserais affirmer et jurer que toutes ces visions qui vont et viennent ici autour ne sont pas entièrement catholiques.

— Catholiques, bon Dieu ! s'écria don Quichotte ; comment seraient-elles catholiques, puisque ce sont autant de démons qui ont pris des corps fantastiques pour venir faire cette belle œuvre et me mettre dans ce bel état ? Et si tu veux t'assurer de cette vérité, touche-les, palpe-les, et tu verras qu'ils n'ont d'autres corps que l'air, et qu'ils ne consistent qu'en l'apparence.

— Pardieu, seigneur, repartit Sancho, je les ai déjà touchés ; tenez, ce diable-là, qui se trémousse tant, a le teint frais comme une rose, et une autre propriété bien différente de celle qu'ont les démons ; car, à ce que j'ai ouï dire, ils sentent tous la pierre de soufre[1] et d'autres mauvaises odeurs ; mais celui-ci sent l'ambre[2] à une demi-lieue.

Sancho disait cela du valet d'un grand seigneur qui devait sentir comme il le disait.

1. Ils sentent tous le diable.
2. Parfum précieux provenant des concrétions intestinales des cachalots.

— Que cela ne t'étonne point, ami Sancho, répondit don Quichotte, car je t'avertis que les diables en savent long sur l'art de tromper.

Tout cet entretien se passait entre le maître et le serviteur. Mais le barbier et le curé, craignant que Sancho ne finît par dépister entièrement leur invention, qu'il flairait déjà de fort près, résolurent de hâter le départ.

Au bout de six jours ils arrivèrent au village de don Quichotte. C'était au beau milieu de la journée, qui se trouva justement un dimanche, et tous les habitants étaient réunis sur la place que devait traverser la charrette de don Quichotte. Ils accoururent pour voir ce qu'elle renfermait et, quand ils reconnurent leur compatriote, ils furent étrangement surpris. Un petit garçon courut à toutes jambes porter cette nouvelle à la gouvernante et à la nièce. Il leur dit que leur oncle et seigneur arrivait, maigre, jaune, exténué, étendu sur un tas de foin, dans une charrette à bœufs. Ce fut une pitié d'entendre les cris que jetèrent les deux bonnes dames, les soufflets qu'elles se donnèrent et les malédictions qu'elles lancèrent de nouveau sur tous ces maudits livres de chevalerie, désespoir qui redoubla quand elles virent entrer don Quichotte par les portes de sa maison. Pendant ce temps, le curé en avait profité pour enlever son déguisement et renvoyer les valets.

À la nouvelle du retour de don Quichotte, la femme

de Sancho Panza accourut bien vite, car elle savait que son mari était parti pour lui servir d'écuyer.

Pendant que Sancho Panza contait ses aventures à son épouse Thérèse Panza, la gouvernante et la nièce de don Quichotte reçurent le chevalier, le déshabillèrent et l'étendirent dans son antique lit à ramages[1]. Il les regardait avec des yeux hagards, et ne pouvait parvenir à reconnaître le lieu où il était. Le curé chargea la nièce d'avoir grand soin de choyer son oncle ; et, lui recommandant d'être sur le qui-vive, de peur qu'il ne leur échappât une autre fois, il lui conta tout ce qu'il avait fallu faire pour le ramener à la maison. Ce fut alors une nouvelle scène. Les deux femmes se remirent à jeter les hauts cris, à répéter leurs malédictions contre les livres de chevalerie, à prier le ciel de confondre au fond de l'abîme les auteurs de tant de mensonges et d'impertinences.

Pendant un mois don Quichotte se remit de ses blessures et se tint tout à fait tranquille. Mais le démon de l'aventure le reprit et, avec son fidèle Sancho, qui se laissa de nouveau convaincre, il décida de repartir. Chacun au village s'y opposa, le débat dura trois jours. Pendant ces trois jours, don Quichotte et Sancho se pourvurent de ce qui leur sembla convenable ; puis, ayant apaisé, Sancho sa femme, don Quichotte sa gouvernante et sa nièce, un beau soir,

1. À décor de rameaux, qui date du Moyen Âge.

sans que personne les vît, sinon le bachelier[1] Samson Carrasco qui voulut les accompagner à une demi-lieue du village, ils prirent le chemin du Toboso, don Quichotte sur son bon cheval Rossinante, Sancho sur son ancien grison, le bissac bien fourni de provisions touchant la bucolique[2], et la bourse pleine de l'argent que lui avait donné don Quichotte pour ce qui pouvait arriver. Samson embrassa le chevalier et le supplia de lui faire savoir la suite de ses aventures. Don Quichotte lui en ayant fait la promesse, Samson prit la route de son village, et les deux autres celle de la grande ville du Toboso.

Cette nuit et le jour suivant, il ne leur arriva rien qui mérite d'être conté, au grand déplaisir de don Quichotte. Enfin, le second jour, à l'entrée de la nuit, ils découvrirent la grande cité du Toboso. Cette vue réjouit l'âme de don Quichotte et attrista celle de Sancho, car il ne connaissait pas la maison de Dulcinée, et n'avait vu la dame de sa vie, pas plus que son seigneur, de façon que, l'un pour la voir, et l'autre pour ne l'avoir pas vue, ils étaient tous deux inquiets et agités, et Sancho n'imaginait pas ce qu'il aurait à faire quand son maître l'enverrait au Toboso. Finalement, don Quichotte résolut de n'entrer dans la ville qu'à la nuit close. En attendant l'heure, ils restèrent cachés

1. C'est-à-dire qu'il a terminé ses études à l'université (de Salamanque) avec ce grade.
2. Expression plaisante pour désigner les provisions de bouche.

dans un bouquet de chênes qui est proche du Toboso, et, le moment venu, ils entrèrent dans la ville, où il leur arriva des choses qui peuvent s'appeler ainsi : il était tout juste minuit, ou à peu près, quand don Quichotte et Sancho quittèrent leur petit bois et entrèrent dans le Toboso. Le village était enseveli dans le repos et le silence, car tous les habitants dormaient comme des souches. La lune se trouvait être à demi claire. Don Quichotte marchait devant, et, quand il eut fait environ deux cents pas, il découvrit une masse qui projetait une grande ombre. Il vit une haute tour et reconnut aussitôt que cet édifice n'était pas un palais, mais bien l'église paroissiale du pays.

— C'est l'église, Sancho, dit-il, que nous avons rencontrée.

— Je le vois bien, répondit Sancho, et plaise à Dieu que nous ne rencontrions pas aussi notre sépulture ! car c'est un mauvais signe que de courir les cimetières à ces heures-ci, surtout quand j'ai dit à Votre Grâce, si je m'en souviens bien, que la maison de cette dame doit être dans un cul-de-sac.

— Maudit sois-tu de Dieu ! s'écria don Quichotte. Où donc as-tu trouvé, nigaud, que les palais des rois soient bâtis dans des culs-de-sac ?

Tandis que nos deux aventuriers en étaient là de leur entretien, ils virent passer auprès d'eux un homme avec deux mules ; don Quichotte lui demanda :

— Sauriez-vous me dire, mon cher ami (que Dieu vous donne toutes sortes de prospérités !), où sont par ici les palais de la sans pareille princesse doña[1] Dulcinée du Toboso ?

— Seigneur, répondit le passant, je ne suis pas du pays. Mais, tenez, dans cette maison vis-à-vis demeurent le curé et le sacristain du village ; entre eux deux ils sauront bien vous indiquer cette madame la princesse, car ils ont la liste de tous les bourgeois du Toboso ; quoique, à vrai dire, je ne croie pas que dans le pays il demeure une seule princesse, mais beaucoup de dames de qualité, oh ! pour sûr, dont chacune d'elles peut bien être princesse dans sa maison. Et, fouettant ses mules, il s'en alla sans attendre d'autres questions.

Sancho, qui vit que son maître était indécis et fort peu content :

— Seigneur, lui dit-il, voilà le jour qui approche, et il ne serait pas prudent que le soleil nous trouvât dans la rue. Il vaut mieux que nous sortions de la ville et que Votre Grâce s'embusque dans quelque bois près d'ici. Je reviendrai de jour et je ne laisserai pas un recoin dans le pays où je ne cherche le palais ou l'alcazar[2] de ma dame.

— Sancho, s'écria don Quichotte, je reçois et

1. Dame (en espagnol).
2. Château, palais fortifié construit par les Maures en Espagne.

j'accepte de bon cœur le conseil que tu viens de me donner.

Sancho grillait d'envie de tirer son maître hors du pays, de crainte qu'il ne vînt à découvrir le mensonge de cette réponse qu'il lui avait remise de la part de Dulcinée, dans la Sierra-Morena. Il se hâta donc de l'emmener, et, à deux milles environ, ils trouvèrent un petit bois où don Quichotte s'embusqua pendant que Sancho retournait à la ville. Mais il lui arriva dans son ambassade des choses qui demandent et méritent un nouveau crédit[1].

1. Une attention renouvelée.

SECONDE PARTIE[1]

1. La seconde partie de *Don Quichotte de la Manche* est écrite dix ans après la première partie. Entre-temps, celle-ci a été éditée et a rencontré un succès immense auprès du public. La fiction se mêlant à la réalité, don Quichotte va se trouver confronté dans cette seconde partie à des gens qui ont lu *Don Quichotte de la Manche.* C'est la gloire... et le début de nouvelles aventures...

10

Où l'on raconte quel moyen prit l'industrieux Sancho pour enchanter Mme Dulcinée, avec d'autres événements non moins risibles que véritables

Le lendemain, don Quichotte ordonna à Sancho de retourner à la ville et de ne point reparaître en sa présence qu'il n'eût d'abord parlé de sa part à sa dame, pour la prier de vouloir bien se laisser voir de son captif chevalier. Sancho se chargea de ce que lui commandait son maître, et promit de lui rapporter une aussi bonne réponse que la première fois.

— Va, mon fils, répliqua don Quichotte, et ne te trouble point quand tu te verras devant la lumière du soleil de beauté que tu vas trouver, heureux par-dessus tous les écuyers du monde !

À ces mots, Sancho tourna le dos et bâtonna son âne. Mais dès qu'il fut hors du bois, il tourna la tête et, voyant que don Quichotte n'était plus en vue, il descendit de son âne, s'assit au pied d'un arbre et commença de la sorte à se parler à lui-même :

— Maintenant, mon frère Sancho, sachons un peu où va Votre Grâce. Allez-vous chercher quelque âne que vous ayez perdu ?

— Non, assurément.

— Eh bien ! qu'allez-vous donc chercher ?

— Je vais chercher comme qui dirait une princesse, et en elle le soleil de la beauté et de toutes les étoiles du ciel, selon mon maître... Car ni moi ni mon maître ne l'avons jamais vue.

— Mais ne vous semble-t-il pas que les gens du Toboso, s'ils savaient que vous êtes ici avec l'intention de débaucher leurs dames, pourraient vous moudre les côtes à grands coups de gourdin, sans vous laisser place nette sur tout le corps ?

— Oui, ils auraient en vérité bien raison. Oh ! oh ! Pourquoi me mettrais-je à chercher midi à quatorze heures pour les beaux yeux d'un autre ?

Sancho disait ce monologue avec lui-même, et la conclusion qu'il en tira fut de se raviser tout à coup.

« Pardieu, se dit-il, tous les maux ont leur remède. Mon maître, à ce que j'ai vu dans mille occasions, est un fou à lier, et franchement, je ne suis guère en reste avec lui ; au contraire, je suis encore plus imbécile, puisque je l'accompagne et le sers, s'il faut croire au proverbe qui dit : non avec qui tu nais, mais avec qui tu pais. Eh bien, puisqu'il est fou, et d'une folie qui lui fait la plupart du temps prendre une chose pour l'autre, le blanc pour le noir et le noir pour le blanc, comme il le fit voir quand il prétendit que les moulins à vent étaient des géants aux grands bras, les hôtelleries des châteaux, il ne me sera pas difficile de lui faire accroire qu'une paysanne, la première que je trouverai par ici sous ma main, est Mme Dulcinée. S'il ne le croit pas, j'en jurerai ; s'il en jure aussi, j'en jurerai plus fort, et s'il s'opiniâtre, je n'en démordrai pas. »

Sur cette pensée, Sancho Panza se remit l'esprit en repos et tint son affaire pour heureusement conclue. Il resta couché sous son arbre jusqu'au tantôt[1], pour laisser croire à don Quichotte qu'il avait eu le temps d'aller et de revenir. Tout se passa si bien que, lorsqu'il se leva pour remonter sur son âne, il aperçut venir du Toboso trois paysannes, montées sur trois ânes. Dès que Sancho vit les paysannes, il revint au trot chercher son seigneur don Quichotte. Aussitôt que don Quichotte l'aperçut, il lui dit :

— Tu apportes de bonnes nouvelles ?

— Si bonnes, répliqua Sancho, que vous n'avez rien de mieux à faire que d'éperonner Rossinante et de sortir en rase campagne pour voir Mme Dulci-

1. Jusqu'au soir.

née du Toboso, qui vient avec deux de ses femmes rendre visite à Votre Grâce.

En disant cela, ils sortirent du bois et découvrirent tout près d'eux les trois villageoises. Don Quichotte parcourut du regard toute la longueur du chemin du Toboso ; mais, ne voyant que ces trois paysannes, il se troubla et demanda à Sancho s'il avait laissé ces dames hors de la ville.

— Comment, hors de la ville ? s'écria Sancho. Ne voyez-vous pas celles qui viennent à nous, resplendissantes comme le soleil en plein midi ?

— Je ne vois, Sancho, répondit don Quichotte, que trois paysannes sur trois bourriques.

— À présent, que Dieu me délivre du diable ! reprit Sancho ; est-il possible que trois juments aussi blanches que la neige vous semblent des bourriques ? Vive le Seigneur ! je m'arracherais la barbe si c'était vrai.

— Eh bien, je t'assure, ami Sancho, répliqua don Quichotte, qu'il est aussi vrai que ce sont des bourriques ou des ânes que je suis don Quichotte et toi Sancho Panza. Du moins ils me semblent tels.

— Taisez-vous, seigneur, s'écria Sancho Panza, ne dites pas une chose pareille, mais frottez-vous les yeux et venez faire la révérence à la dame de vos pensées, que voilà près de nous.

À ces mots, il s'avança pour recevoir les trois villageoises, et, descendant de son âne, il se mit à genoux par terre et s'écria :

— Reine, princesse et duchesse de la beauté, que Votre hautaine Grandeur ait la bonté d'admettre en grâce et d'accueillir avec faveur ce chevalier, votre captif, qui est là comme une statue de pierre, tout troublé. Je suis Sancho Panza, son écuyer ; et lui, c'est le fugitif et vagabond chevalier don Quichotte de la Manche, appelé de son autre nom chevalier de la Triste-Figure.

En cet instant, don Quichotte s'était déjà jeté à genoux aux côtés de Sancho, et regardait avec des yeux hagards et troublés celle que Sancho appelait reine et madame. Et, comme il ne découvrait en elle qu'une fille de village, encore d'assez pauvre mine, car elle avait la face bouffie et le nez camard[1], il demeurait stupéfait, sans oser ouvrir la bouche. Les paysannes n'étaient pas moins émerveillées, en voyant ces deux hommes agenouillés sur la route. Mais la fille, rompant le silence, et d'une mine toute rechignée[2], dit :

— Gare du chemin, à la male heure[3], et laissez-nous passer, que nous sommes pressées.

— Ô princesse ! répondit Sancho Panza, ô dame universelle du Toboso ! Comment ! votre cœur

1. Qui a le nez plat, écrasé.
2. D'une voix revêche et courroucée.
3. Ancien juron signifiant : « à l'heure de la mort ».

magnanime ne s'attendrit pas en voyant agenouillé devant votre sublime présence la colonne[1] et la gloire de la chevalerie errante ?

L'une des deux autres, entendant ce propos :

— Ohé ! dit-elle, ohé ! Passez votre chemin, et laissez-nous passer le nôtre, si vous ne voulez qu'il vous en cuise.

Sancho se détourna et les laissa partir, et toutes trois s'enfuirent sans tourner la tête, l'espace d'une grande demi-lieue.

Don Quichotte les suivit longtemps des yeux, et, quand elles eurent disparu, il se tourna vers Sancho :

— Que t'en semble, Sancho ? dit-il. Vois quelle haine me portent les enchanteurs ; vois jusqu'où s'étendent leur malice et leur rancune, puisqu'ils ont voulu me priver du bonheur que j'aurais eu à contempler ma dame dans son être véritable ! D'ailleurs, remarque, Sancho, que ces traîtres ne se sont point contentés de transformer Dulcinée, mais ils l'ont métamorphosée en une figure aussi basse, aussi laide que celle de cette villageoise.

Le sournois de Sancho avait fort à faire pour ne pas éclater de rire en écoutant les extravagances de son maître, si délicatement dupé. Finalement, après bien d'autres propos, ils remontèrent tous deux sur leurs bêtes et prirent le chemin de Saragosse[2], où ils

---

1. Au sens figuré : le soutien.
2. Capitale de la province d'Aragon, au nord-est de l'Espagne.

espéraient arriver assez à temps pour assister à des fêtes solennelles qui se célébraient chaque année dans cette ville insigne[1].

1. Fameuse, remarquable.

11

De ce qui arriva à don Quichotte avec une belle chasseresse

En chemin don Quichotte était enseveli dans les pensées de ses amours, et Sancho dans celles de sa fortune à faire, qu'il voyait plus éloignée que jamais. Tout sot qu'il fût, il s'apercevait bien que, parmi les actions de son maître, la plupart n'étaient que des extravagances. Aussi cherchait-il une occasion de pouvoir, sans entrer en compte et en adieux[1] avec son seigneur, décamper un beau jour et s'en retourner chez lui. Mais la for-

1. Sans avoir à rendre de comptes ni à prendre congé.

tune arrangea les choses bien au rebours de ce qu'il craignait.

Il arriva que le lendemain, au coucher du soleil et au sortir d'un bois, don Quichotte jeta la vue sur une verte prairie au bout de laquelle il aperçut du monde, et, s'étant approché fort près, il reconnut que c'étaient des chasseurs de haute volerie[1]. Il s'approcha encore davantage et vit parmi eux une dame élégante, montée sur un palefroi ou haquenée[2] d'une parfaite blancheur que paraient des harnais verts et une selle à pommeau d'argent. La dame était également habillée de vert, avec tant de goût et de richesse qu'elle semblait être l'élégance en personne. Elle portait un faucon sur le poing gauche ; ce qui fit comprendre à don Quichotte que c'était quelque grande dame, et qu'elle devait être la maîtresse de tous ces chasseurs, ce qui était vrai. Aussi dit-il à Sancho :

— Cours, mon fils Sancho, cours, et dis à cette dame du palefroi et du faucon que moi, le chevalier de la Triste-Figure, je baise les mains de sa grande beauté et que, si Sa Grandeur me le permet, j'irai les lui baiser moi-même, et la servir en tout ce que mes forces me permettent de faire, en tout ce que m'ordonnera Son Altesse.

Sancho partit comme un trait, mettant l'âne au grand trot, et arriva bientôt près de la belle chasse-

1. Chasse avec des oiseaux de proie.
2. Jument de taille moyenne, d'allure douce, que montaient les dames.

resse. Il descendit de son bât[1], se mit à deux genoux devant elle, et lui dit :

— Belle et noble dame, ce chevalier qu'on aperçoit là-bas, appelé le chevalier de la Triste-Figure, est mon maître, et moi je suis son écuyer, qu'on appelle en sa maison Sancho Panza. Le chevalier de la Triste-Figure m'envoie demander à Votre Grandeur qu'elle daigne et veuille bien lui permettre de servir votre haute fauconnerie et incomparable beauté.

— Assurément, bon écuyer, répondit la dame, vous avez rempli votre ambassade avec toutes les formalités qu'exigent de pareils messages. Levez-vous de terre, car il n'est pas juste que l'écuyer d'un aussi grand chevalier que celui de la Triste-Figure, dont nous savons ici beaucoup de nouvelles, reste sur ses genoux. Levez-vous, ami, et dites à votre seigneur qu'il soit le bienvenu, et que nous nous offrons à son service, le duc mon époux et moi, dans une maison de plaisance[2] que nous avons près d'ici.

Sancho se releva, non moins surpris des attraits de la belle dame que de son excessive courtoisie, et surtout de lui avoir entendu dire qu'elle savait des nouvelles de son seigneur le chevalier de la Triste-Figure.

— Dites-moi, frère écuyer, lui demanda la duchesse (dont on n'a jamais su que le titre, mais

---

1. Selle (le bât est le dispositif placé sur le dos de l'âne pour le transport de sa charge).
2. Château qui ne sert qu'au loisir, au plaisir.

dont le nom est encore ignoré), dites-moi, n'est-ce pas de ce chevalier votre maître qu'il circule une histoire imprimée ? N'est-ce pas lui qui s'appelle l'ingénieux hidalgo don Quichotte de la Manche, et n'a-t-il point pour dame de son âme une certaine Dulcinée du Toboso ?

— C'est lui-même, madame, répondit Sancho, et ce sien écuyer, qui figure ou doit figurer dans cette histoire, qu'on appelle Sancho Panza, c'est moi, pour vous servir, à moins qu'on ne m'ait changé en nourrice, je veux dire qu'on ne m'ait changé à l'imprimerie.

— Tout cela me réjouit fort, dit la duchesse. Allez, frère Panza, dites à votre seigneur qu'il soit le bienvenu dans mes terres.

Avec une aussi agréable réponse, Sancho retourna plein de joie près de son maître, auquel il rapporta tout ce que lui avait dit la grande dame. Don Quichotte se mit gaillardement en selle et, prenant un air dégagé, alla baiser les mains de la duchesse, laquelle avait fait appeler le duc son mari et lui racontait, pendant que don Quichotte s'avançait à leur rencontre, l'ambassade qu'elle venait de recevoir. Tous deux avaient lu la première partie de cette histoire et connaissaient par elle l'extravagante humeur de don Quichotte. Aussi l'attendaient-ils avec une extrême envie de le connaître, dans le dessein d'abonder en tout ce qu'il leur dirait, et de le traiter en chevalier errant les jours qu'il passerait auprès d'eux, avec toutes les cérémonies usitées dans les livres de chevalerie, qu'ils avaient lus en grand nombre, car ils en étaient très friands.

En ce moment parut don Quichotte, la visière haute, et, comme il fit mine de mettre pied à terre, Sancho se hâta d'aller lui tenir l'étrier. Mais il fut si malchanceux qu'en descendant de son âne il se prit un pied dans une corde, de telle façon qu'il ne lui fut plus possible de s'en dépêtrer et qu'il y resta pendu, ayant la bouche et la poitrine par terre. Don Quichotte, qui n'avait pas l'habitude de descendre de cheval sans qu'on lui tînt l'étrier, pensant que Sancho était déjà venu le lui prendre, se jeta bas de tout le poids de son corps, emportant avec lui la selle de Rossinante, qui sans doute était mal sanglée, si bien que la selle et lui tombèrent ensemble par terre, non sans grande honte de sa part, et mille malédictions qu'il donnait entre ses dents au pauvre Sancho, qui avait encore le pied dans l'entrave[1]. Le duc envoya ses chasseurs au secours du chevalier et de l'écuyer. Ceux-ci relevèrent don Quichotte, qui, clopinant et comme il put, allait s'agenouiller devant Leurs Seigneuries, mais le duc ne voulut pas y consentir ; au contraire, il descendit aussi de cheval et s'en fut embrasser don Quichotte.

— Je regrette, lui dit-il, seigneur chevalier de la

1. La corde du bât dans laquelle Sancho s'est empêtré.

Triste-Figure, que la première visite que fasse Votre Grâce sur mes terres soit aussi désagréable qu'on vient de le voir ; mais des négligences d'écuyer sont souvent causes de pires événements.

— Celui qui me procure l'honneur de vous voir, ô valeureux prince, répondit don Quichotte, ne peut en aucun cas être désagréable. Mon écuyer, maudit soit-il de Dieu ! sait mieux délier la langue pour dire des malices que lier et sangler une selle pour qu'elle tienne bon.

Sancho, cependant, avait relevé et sanglé la selle de Rossinante. Don Quichotte étant remonté sur son coursier et le duc sur un cheval magnifique, ils mirent la duchesse entre eux deux et prirent le chemin du château. La duchesse appela Sancho et le fit marcher à côté d'elle, car elle s'amusait beaucoup d'entendre ses saillies bouffonnes[1]. Sancho ne se fit pas prier et, se mêlant à travers les trois seigneurs, il se mit de quart dans la conversation, au grand plaisir de la duchesse et de son mari, pour qui c'était une véritable bonne fortune d'héberger dans leur château un tel chevalier errant et un tel écuyer parlant. Enfin, ils entrèrent tous dans une vaste cour d'honneur, deux jolies damoiselles s'approchèrent et jetèrent sur les épaules de don Quichotte un long manteau de fine écarlate[2]. Aussi-

1. Mots d'esprit.
2. Étoffe de couleur rouge éclatant ; c'est ainsi que sont reçus les chevaliers dans les romans.

tôt toutes les galeries de la cour se couronnèrent des valets de la maison, qui disaient à grands cris : « Bienvenue soit la fleur et la crème des chevaliers errants ! » et qui versaient à l'envi des flacons d'eau de senteur[1] sur don Quichotte et ses illustres hôtes. Tout cela ravissait don Quichotte, et ce jour fut le premier de sa vie où il se crut et se reconnut chevalier errant véritable et non fantastique, en se voyant traité de la même manière qu'il avait lu qu'on traitait les chevaliers errants dans les siècles passés.

Sancho, laissant là son âne, entra avec la duchesse dans le château. Mais bientôt, se sentant un remords de conscience de laisser son âne tout seul, il s'approcha d'une vénérable duègne[2], qui était venue avec d'autres recevoir la duchesse, et lui dit à voix basse :

— Madame Gonzales, ou comme on appelle Votre Grâce...

— Je m'appelle doña Rodriguez de Grijalva, répondit la duègne : qu'y a-t-il pour votre service, frère ?

— Je voudrais, répliqua Sancho, que Votre Grâce me fît celle de sortir devant la porte du château, où vous trouverez un âne qui est à moi. Ensuite Votre Grâce aura la bonté de le faire mettre ou de le mettre elle-même dans l'écurie ; car le pauvre petit est un

---

1. Parfum.
2. Femme âgée chargée, en Espagne, de veiller sur la conduite d'une jeune fille ou d'une jeune femme.

peu timide et, s'il se voit seul, il ne saura plus que devenir.

Don Quichotte, qui entendait tout cela, ne put s'empêcher de dire :

— Sont-ce là, Sancho, des sujets de conversation pour un lieu tel que celui-ci ?

— Seigneur, répondit Sancho, ici je me suis souvenu de l'âne, c'est ici que j'ai parlé de lui, et si je m'en fusse souvenu à l'écurie, c'est là que j'en aurais parlé.

— Sancho est dans le vrai et le certain, ajouta le duc, et je ne vois rien à lui reprocher. Quant à l'âne, que Sancho perde tout souci ; on traitera son âne comme lui-même.

Au milieu de ces propos, qui firent rire tout le monde, sauf don Quichotte, on arriva aux appartements du haut, et l'on fit entrer don Quichotte dans une salle ornée de riches tentures d'or et de brocart. Six demoiselles vinrent le désarmer et lui servir de pages[1], toutes bien averties par le duc et la duchesse de ce qu'elles devaient faire, et bien instruites sur la manière dont il fallait traiter don Quichotte, pour qu'il s'imaginât et reconnût qu'on le traitait en chevalier errant.

Don Quichotte acheva bientôt de s'habiller ; il mit son baudrier[2] et son épée, jeta sur ses épaules le man-

---

1. Suivantes, en qualité de domestiques.
2. Bande de cuir qui se porte en écharpe et sert à soutenir l'épée.

teau d'écarlate, ajusta sur sa tête une *montera*[1] de satin vert que lui avaient donnée les demoiselles et, paré de ce costume, il entra dans la grande salle, où il trouva les mêmes demoiselles rangées sur deux files, autant d'un côté que de l'autre, et toutes portant des flacons d'eau de senteur, qu'elles lui versèrent sur les mains avec force révérences et cérémonies. Bientôt arrivèrent douze pages, ayant à leur tête le maître d'hôtel, pour le conduire à la table où l'attendaient les maîtres du logis. Ils le prirent au milieu d'eux et le menèrent, plein de pompe et de majesté, dans une autre salle, où l'on avait dressé une table somptueuse, avec quatre couverts seulement. Le duc et la duchesse s'avancèrent jusqu'à la porte de la salle pour le recevoir ; ils étaient accompagnés d'un grave ecclésiastique.

Ils se firent mille courtoisies mutuelles, et finalement, ayant placé don Quichotte entre eux, ils allèrent s'asseoir à la table. Le duc offrit le haut bout[2] à don Quichotte, et, bien que celui-ci le refusât d'abord, les instances du duc furent telles qu'il dut à la fin l'accepter. L'ecclésiastique s'assit en face du chevalier, le duc et la duchesse aux deux côtés de la table. À tout cela Sancho se trouvait présent, stupéfait, ébahi des honneurs que ces princes rendaient à son maître. Quand il vit les cérémonies et les prières

1. Toque (mot espagnol).
2. Place d'honneur.

qu'adressait le duc à don Quichotte pour le faire asseoir au haut bout de la table, il prit la parole :

— Si Vos Grâces, dit-il, veulent bien m'en donner la permission, je leur conterai une histoire qui est arrivée dans mon village à propos des places à table.

À peine Sancho eut-il ainsi parlé que don Quichotte trembla de tout son corps, persuadé qu'il allait dire quelque sottise. Sancho le regarda, le comprit, et lui dit :

— Ne craignez pas que je m'oublie, mon seigneur, ni que je dise une chose qui ne vienne pas juste à point.

— Dis ce que tu voudras, pourvu que tu le dises vite, répondit don Quichotte.

— Ce que je veux dire, reprit Sancho, est si bien la vérité pure que mon seigneur don Quichotte, ici présent, ne me laissera pas mentir.

— Que m'importe ? répliqua don Quichotte ; mens, Sancho, tant qu'il te plaira, ce n'est pas moi qui t'en empêcherai ; seulement prends garde à ce que tu vas dire.

— J'y ai si bien pris garde et si bien regardé, repartit Sancho, qu'on peut dire cette fois que celui qui sonne les cloches est en sûreté, et c'est ce qu'on va voir à l'œuvre.

— Il me semble, interrompit don Quichotte, que Vos Seigneuries feraient bien de faire chasser d'ici cet imbécile, qui dira mille stupidités.

Pour que don Quichotte n'achevât point d'éclater, la duchesse lui demanda quelles nouvelles il avait de Mme Dulcinée, et s'il lui avait envoyé ces jours passés quelque présent de géants ou de malandrins[1], car il ne pouvait manquer d'en avoir vaincu plusieurs.

— Madame, répondit don Quichotte, mes disgrâces, bien qu'elles aient eu un commencement, n'auront jamais de fin. Des géants, j'en ai vaincu ; des félons et des malandrins, je lui en ai envoyé ; mais où pouvaient-ils la trouver, puisqu'elle est enchantée et changée en la plus laide paysanne qui se puisse imaginer ?

— Je n'y comprends rien, interrompit Sancho Panza ; à moi elle me sembla la plus belle créature du monde.

— L'avez-vous vue enchantée, Sancho ? demanda le duc.

— Comment, si je l'ai vue ! répondit Sancho.

L'ecclésiastique, qui entendait parler de géants, de malandrins, d'enchantements, finit par se douter que ce nouveau venu pourrait bien être ce don Quichotte de la Manche dont le duc lisait habituellement l'histoire, chose qu'il lui avait plusieurs fois reprochée, disant qu'il était extravagant de lire de telles extravagances. Quand il se fut assuré que ce qu'il soupçonnait était la vérité, il se tourna plein de colère vers le duc :

1. Voleurs ou vagabonds dangereux.

— Votre Excellence, monseigneur, lui dit-il, aura un jour à rendre compte à Notre-Seigneur de ce que fait ce pauvre homme. Ce don Quichotte, ou don Nigaud, ou comme il s'appelle, ne doit pas être, à ce que j'imagine, aussi fou que Votre Excellence qui lui fournit des occasions de délirer.

Puis, adressant la parole à don Quichotte, il ajouta :

— Et vous, tête à l'envers, qui vous a fourré dans la cervelle que vous êtes chevalier errant, que vous vainquez des géants et arrêtez des malandrins ? Allez, et que Dieu vous conduise ; retournez à votre maison, élevez vos enfants, si vous en avez, prenez soin de votre bien, et cessez de courir le monde comme un vagabond. Où diable avez-vous donc trouvé qu'il y eût ou qu'il y ait à cette heure des chevaliers errants ? Où donc y a-t-il des géants en Espagne, ou des malandrins dans la Manche ? Où donc y a-t-il des Dulcinées enchantées, et tout ce ramas de bêtises qu'on raconte de vous ?

Don Quichotte avait écouté dans une silencieuse attention les propos de ce vénérable personnage. Mais voyant qu'enfin il se taisait, sans respect pour ses illustres hôtes, l'air menaçant et le visage enflammé de colère, il se leva tout debout et menaça l'ecclésiastique de ses poings.

Alors, l'ecclésiastique se leva de table, plein de dépit et de colère.

— Par l'habit que je porte, s'écria-t-il, je dirais volontiers que Votre Excellence est aussi insensée que ces pécheurs.

Là-dessus, il s'en alla, sans dire ni manger davantage, et sans qu'aucune prière pût le retenir. Il est vrai que le duc ne le pressa pas beaucoup, empêché qu'il était par l'envie de rire que lui avait causée son impertinente colère.

Enfin, don Quichotte se calma, et le repas finit paisiblement. Au moment de desservir, quatre demoiselles entrèrent, l'une portant un bassin d'argent, la seconde une aiguière[1] du même métal, la troisième deux riches et blanches serviettes sur l'épaule, et la quatrième ayant les bras nus jusqu'au coude, et dans ses blanches mains (car elles ne pouvaient manquer d'être blanches), une boule de savon napolitain[2]. La première s'approcha, et, d'un air dégagé, vint enchâsser le bassin sous le menton de don Quichotte, lequel, sans dire un mot, mais étonné d'une semblable cérémonie, crut que c'était l'usage du pays, au lieu de laver les mains, de laver la barbe. Il tendit donc la sienne aussi loin qu'il put, et, la demoiselle à l'aiguière commençant à verser de l'eau, la demoiselle au savon lui frotta la barbe à tour de bras, couvrant de flocons de neige (car l'écume de savon n'était pas moins blanche), non seulement le menton,

1. Vase à eau, muni d'une anse et d'un bec.
2. De Naples ; savon réputé, utilisé notamment comme savon à barbe.

mais tout le visage et jusqu'aux yeux de l'obéissant chevalier, tellement qu'il fut contraint de les fermer bien vite. Le duc et la duchesse, qui n'étaient prévenus de rien, attendaient avec curiosité comment finirait une si étrange lessive. Quand la demoiselle barbière eut noyé le patient sous un pied d'écume, elle feignit de manquer d'eau et envoya la demoiselle de l'aiguière en chercher, priant le seigneur don Quichotte d'attendre un moment. L'autre obéit, et don Quichotte resta cependant avec la figure la plus bizarre et la plus faite pour rire qui se puisse imaginer. Tous les assistants, et ils étaient nombreux, avaient les regards fixés sur lui. Les demoiselles de la plaisanterie tenaient les yeux baissés, sans oser regarder leurs seigneurs. Ceux-ci étouffaient de colère et de rire, et ils ne savaient s'ils devaient ou châtier l'audace des jeunes filles, ou les récompenser pour le plaisir qu'ils prenaient à voir don Quichotte en cet état.

Finalement, la demoiselle à l'aiguière revint et l'on acheva de bien laver don Quichotte ; puis, celle qui portait les serviettes l'essuya et le sécha très posément, et toutes quatre, faisant ensemble une profonde révérence, allaient se retirer ; mais le duc, pour que don Quichotte n'aperçût point qu'on lui jouait la comédie, appela la demoiselle au bassin :

— Venez, lui dit-il, et lavez-moi ; mais prenez garde que l'eau ne vous manque point.

La jeune fille, aussi avisée que diligente, s'empressa de mettre le bassin au duc comme à don Quichotte, et toutes quatre s'étant hâtées de le bien laver, savonner, essuyer et sécher, elles firent leurs révérences et s'en allèrent. Puis chacun se retira pour dormir.

12

Qui raconte la découverte que l'on fit de la manière dont il fallait désenchanter la sans pareille Dulcinée, ce qui est une des plus fameuses aventures de ce livre

Le duc et la duchesse trouvaient un plaisir extrême à la conversation de don Quichotte et à celle de Sancho. Mais ce qui étonnait le plus la duchesse, c'était que la simplicité de Sancho fût telle qu'il arrivât à croire comme une vérité infaillible que Dulcinée du Toboso était enchantée, tandis qu'il avait été lui-même l'enchanteur et l'instigateur de toute l'affaire. Enfin, ils s'affermissaient dans l'intention qu'ils avaient de jouer à leurs hôtes quelques tours. Après avoir donné des ordres et des instructions à leurs gens sur ce qu'ils avaient à faire, au bout de six jours ils conduisirent le chevalier à la chasse de la grosse bête, avec un équipage de piqueurs[1] et de chiens, tel que l'aurait pu mener un roi couronné.

Le jour venu, don Quichotte s'arma de toutes pièces, Sancho mit un habit de chasse vert, offert par la duchesse, et, monté sur le grison, qu'il ne voulut point abandonner quoiqu'on lui offrît un cheval, il se mêla dans la foule des chasseurs. La duchesse se présenta élégamment parée. Finalement, ils arrivèrent à un bois situé entre deux hautes montagnes ; puis, les postes étant pris, les sentiers occupés, et toute la troupe répartie dans les différents passages, on commença la chasse à cor et à cri, tellement qu'on ne pouvait s'entendre les uns les autres, tant à cause des aboiements des chiens que du bruit des cors de chasse. La duchesse mit pied à terre et, prenant à la main un épieu aigu, elle se plaça dans un poste où elle savait que les sangliers avaient coutume de venir passer. Le duc et don Quichotte descendirent également de leurs montures et se placèrent à ses côtés. Pour Sancho, il se mit derrière tout le monde, sans descendre du grison, qu'il n'osait point abandonner, de crainte de quelque mésaventure.

À peine occupaient-ils leur poste, après avoir rangé sur les ailes un grand nombre de leurs gens,

1. Valets de chiens qui poursuivent la bête à cheval.

qu'ils virent accourir sur eux, poursuivi par les chasseurs et harcelé par les chiens, un énorme sanglier qui faisait craquer ses dents et ses défenses et jetait l'écume par la bouche. Aussitôt que don Quichotte l'aperçut, mettant l'épée à la main et embrassant son écu, il s'avança bravement à sa rencontre. Le duc fit de même avec son épieu, et la duchesse les aurait devancés tous si le duc ne l'en eût empêchée.

Seul Sancho, à la vue du terrible animal, lâcha son âne et se mit à courir de toutes ses forces ; puis il essaya de grimper sur un grand chêne ; mais ce fut en vain ; car étant parvenu à la moitié du tronc, et saisissant une branche pour gagner la cime, il fut si malchanceux que la branche rompit, et qu'en tombant par terre il resta suspendu à un tronçon, sans pouvoir arriver jusqu'en bas. Quand il se vit accroché de la sorte, quand il s'aperçut que son pourpoint vert se déchirait, et qu'en passant le formidable animal pourrait bien l'atteindre, il se mit à jeter de tels cris et à demander du secours avec tant d'instance que tous ceux qui l'entendaient et ne le voyaient pas crurent qu'il était sous la dent de quelque bête féroce.

Finalement, le sanglier aux longues défenses tomba sous le fer d'une foule d'épieux qu'on lui opposa, et don Quichotte, tournant alors la tête aux cris de Sancho, arriva et le décrocha.

Enfin, on posa l'énorme sanglier sur le dos d'un

mulet de bât ; et l'ayant couvert avec des branches de romarin et des bouquets de myrte[1], les chasseurs triomphants le conduisirent, comme dépouilles opimes[2], à de grandes tentes de campagne qu'on avait dressées au milieu du bois. Là on trouva la table mise et le repas servi, si abondant, si somptueux qu'on y reconnaissait bien la grandeur et la magnificence de ceux qui le donnaient.

Après y avoir fait honneur, ils sortirent des tentes pour rentrer dans le bois, où le reste du jour se passa à chercher des postes et préparer des affûts[3]. La nuit vint, non pas aussi claire et sereine que semblait le promettre la saison, puisqu'on était au milieu de l'été ; mais un certain clair-obscur qu'elle amena et répandit avec elle aida singulièrement aux projets des hôtes de don Quichotte. Dès que la nuit fut tombée, et un peu après le crépuscule, il sembla tout à coup que les quatre coins du bois prenaient feu. Ensuite on entendit de tous côtés une infinité de trompettes et d'autres instruments de guerre, ainsi que le pas de nombreuses troupes de cavalerie qui traversaient la forêt en tous sens. La lumière du feu et le son des instruments guerriers aveuglaient presque et assourdissaient les assistants, ainsi que tous ceux qui se trouvaient dans le bois. Le duc pâlit,

---

1. Arbre à feuilles menues, dont les fruits sont utilisés comme épices (myrte piment).
2. Comme un butin de victoire.
3. Endroits où l'on s'embusque pour attendre le gibier.

la duchesse frissonna, don Quichotte se sentit troublé, Sancho Panza trembla de tous ses membres, et ceux même qui connaissaient la vérité s'épouvantèrent. Le silence les saisit avec la peur, et, dans ce moment, un cavalier passa devant eux, en équipage de démon, sonnant, au lieu de trompette, d'une corne démesurée, dont il tirait un bruit rauque et effroyable.

— Holà ! frère courrier[1], s'écria le duc, qui êtes-vous ? où allez-vous ? quels gens de guerre sont ceux qui traversent ce bois ?

Le courrier répondit avec une voix brusque et farouche :

— Je suis le diable ; je vais chercher don Quichotte de la Manche ; les gens qui viennent par ici sont des troupes d'enchanteurs qui amènent sur un char de triomphe la sans pareille Dulcinée du Toboso. Elle vient apprendre à don Quichotte comment peut être désenchantée la pauvre dame.

— Si vous étiez le diable, comme vous le dites, et comme le montre votre aspect, reprit le duc, vous auriez déjà reconnu le chevalier don Quichotte de la Manche, car le voilà devant vous.

— En mon âme et conscience, répondit le diable, je n'y avais pas fait attention ; j'ai l'esprit occupé de tant de choses que j'oubliais la principale, celle pour laquelle je venais justement.

---

1. Porteur de lettres et autres dépêches à délivrer.

— Sans doute, s'écria Sancho, que ce démon est honnête homme et bon chrétien ; car, s'il ne l'était pas, il ne jurerait point en son âme et conscience. Maintenant, je croirai que, jusque dans l'enfer, il doit y avoir des gens de bien.

Le cavalier se remit à souffler dans son énorme cornet, tourna le dos et s'en fut sans attendre.

La surprise s'accrut pour tout le monde, surtout pour Sancho quand il vit qu'on voulait à toute force, et en dépit de la vérité, que Dulcinée fût enchantée réellement.

La nuit, en ce moment, achevait de se fermer, et l'on commença à voir courir çà et là des lumières à travers le bois, comme se répandent par le ciel les exhalaisons[1] sèches de la terre, lesquelles paraissent à notre vue autant d'étoiles qui filent. On entendit en même temps un bruit épouvantable, dans le genre de celui que produisent les roues massives des charrettes à bœufs, bruit aigu, criard, continuel, qui fait, dit-on, fuir les loups et les ours, s'il y en a sur leur passage. Finalement, les cornets, les cors de chasse, les clairons, les trompettes, les tambours, l'artillerie, les coups d'arquebuses, et par-dessus tout l'épouvantable bruit des charrettes, tout cela formait à la fois un bruit si confus, si horrible que don Quichotte eut besoin de rassembler tout son courage pour

1. Rejets de l'air chargé de vapeur ; c'est la conception du philosophe grec Aristote sur les étoiles filantes.

l'entendre sans effroi. Quant à Sancho, le sien fut bientôt abattu ; il tomba évanoui aux pieds de la duchesse, qui le reçut dans le pan[1] de sa robe et s'empressa de lui faire jeter de l'eau sur le visage. L'aspersion faite, il revint à lui dans le moment où un char vint s'approcher d'eux, un char de ceux qu'on appelle chars de triomphe, traîné par six mules brunes caparaçonnées de toile blanche. Ce char était deux fois, et même trois fois plus grand que les trois autres qui l'entouraient. Les côtés et les bords en étaient chargés de douze autres pénitents[2] blancs comme la neige, et tenant chacun une torche allumée : spectacle fait pour surprendre et pour épouvanter tout à la fois. Sur un trône élevé au centre du char, était assise une nymphe[3] couverte de mille voiles de gaze[4] d'argent, sur lesquels brillaient une infinité de paillettes d'or. Elle avait la figure cachée sous une gaze de soie transparente et délicate, dont le tissu ne pouvait empêcher de découvrir un charmant visage de jeune fille. Les nombreuses lumières permettaient de distinguer ses traits et son âge, qui semblait ne pas avoir atteint vingt ans. Près d'elle était un personnage enveloppé jusqu'aux pieds d'une robe de velours à longue queue, et la tête couverte

1. Dans la jupe, la partie tombante de sa robe.
2. Personnes vêtues de blanc s'imposant volontairement des épreuves pour racheter leurs péchés.
3. Jeune femme au corps gracieux.
4. Tissu très léger de toile d'argent.

d'un voile noir. Cette Mort vivante, s'étant levée sur les pieds, commença, d'une voix endormie et d'une langue peu éveillée, à parler de la sorte :

— Je suis Merlin, celui que les histoires disent avoir eu le diable pour père (mensonge accrédité par le temps), prince de la magie, monarque et archive[1] de la science zoroastrique[2], émule[3] des âges et des siècles, qui prétendent engloutir les exploits des braves chevaliers errants, à qui j'ai toujours porté et porte encore une grande affection.

« Et, bien que l'humeur des enchanteurs, des mages et des magiciens soit toujours dure, âpre et rude, la mienne est douce, aimant à faire bien à toutes sortes de gens.

« Dans les obscures cavernes du Destin, où mon âme s'occupait à former des caractères et des figures magiques, est venue jusqu'à moi la voix douce de la belle et sans pareille Dulcinée du Toboso.

« Je sus son enchantement et sa disgrâce, sa transformation de gentille dame en grossière villageoise : je fus ému de pitié et, après avoir feuilleté cent mille livres de ma science diabolique, je viens donner le remède qui convient à un si grand mal.

« À toi je dis que, pour rendre à son premier état la sans pareille Dulcinée du Toboso, il faut que San-

---

1. Gardien.
2. Pour Zoroastre, nom donné par les Grecs au prophète iranien Zarathoustra (VIe siècle av. J.-C.), qui passait pour l'inventeur de la magie.
3. Capable de rivaliser avec le poids des âges et des siècles.

cho, ton écuyer, se donne trois mille trois cents coups de fouet sur ses deux larges fesses, découvertes à l'air, de façon qu'il lui en cuise et qu'il lui en reste des marques.

— Ah bien, ma foi, s'écria Sancho, je me donnerai, non pas trois mille, mais trois coups de fouet, comme trois coups de couteau. Au diable soit la manière de désenchanter ! Et qu'est-ce qu'ont à voir mes fesses avec les enchantements ?

— Et moi je vais vous prendre, s'écria don Quichotte, don manant repu d'ail[1], et vous attacher à un arbre, nu comme votre mère vous a mis au monde, et je vous donnerai, non pas trois mille trois cents, mais six mille six cents coups de fouet.

Quand Merlin entendit cela :

— Non, reprit-il, ce ne doit pas être ainsi : il faut que les coups de fouet que recevra le bon Sancho lui soient donnés de sa propre volonté, et non par force, et dans les moments qu'il lui plaira de choisir, car on ne lui fixe aucun terme.

— Aucune main ne me touchera, répliqua Sancho. Est-ce que j'ai, par hasard, mis au monde Mme Dulcinée du Toboso, pour que mes fesses payent le péché qu'ont fait ses beaux yeux ?

— Eh bien ! en vérité, ami Sancho, dit le duc, si vous vous adoucissez, vous obtiendrez le gouvernement d'une île que je possède.

---

1. Sire maraud gorgé d'ail : insulte.

— Allons, bon Sancho, s'écria la duchesse, ayez bon courage, et répondez dignement au pain que vous avez mangé chez le seigneur don Quichotte, que nous devons tous servir et chérir à cause de son excellent caractère et de ses hauts exploits de chevalerie. Dites oui, mon fils ; consentez à cette pénitence.

— Allons donc, à la grâce de Dieu ! s'écria Sancho ; je consens à mon supplice, c'est-à-dire que j'accepte la pénitence, avec les conditions convenues.

À peine Sancho eut-il dit ces dernières paroles que don Quichotte alla se pendre au cou de son écuyer et lui donna mille baisers sur le front et sur les joues. Le duc, la duchesse et tous les assistants témoignèrent qu'ils ressentaient une joie extrême de cet heureux dénouement. Enfin, le char se remit en marche, et, en passant, la belle Dulcinée inclina la tête devant le duc et la duchesse, et fit une grande révérence à Sancho.

Satisfaits de la chasse et d'avoir atteint leur but avec tant d'habileté et de bonheur, le duc et la duchesse regagnèrent leur château, dans le dessein de continuer des plaisanteries qui les amusaient plus que tout autre divertissement.

13

Où l'on parle d'une lettre que Sancho Panza écrivit à sa femme Thérèse Panza, ainsi que de la façon dont Sancho prit possession de son île et de quelle manière il commença de gouverner

Le lendemain, la duchesse demanda à Sancho s'il avait commencé la pénitence dont la tâche lui était prescrite pour le désenchantement de Dulcinée.

— Vraiment oui, répondit-il ; je me suis déjà donné, cette nuit, cinq coups de fouet.

— Avec quoi vous les êtes-vous donnés ? reprit la duchesse.

— Avec la main, répondit-il.

— Oh ! répliqua-t-elle, c'est plutôt se donner des

claques que des coups de fouet. J'imagine que le sage Merlin ne sera pas satisfait de tant de mollesse.

— Eh bien, répondit Sancho, que Votre Seigneurie me fournisse quelque discipline[1] ou quelques bouts de corde convenables ; c'est avec cela que je me fustigerai, pourvu toutefois qu'il ne m'en cuise pas trop. À propos, ajouta-t-il, il faut que Votre Altesse apprenne, chère dame de mon âme, que j'ai écrit une lettre à ma femme Thérèse Panza.

Sancho tira de son sein[2] une lettre ouverte, et la duchesse, l'ayant prise, vit qu'elle était ainsi conçue :

Lettre de Sancho Panza à Thérèse Panza, sa femme.

« Si j'ai un bon gouvernement, il me coûte de bons coups de fouet. À cela, ma chère Thérèse, tu ne comprendras rien du tout, quant à présent ; une autre fois, tu le sauras. Sache donc, Thérèse, que j'ai résolu une chose : c'est que tu ailles en carrosse. Voilà l'important aujourd'hui, car toute autre façon d'aller serait marcher à quatre pattes. Tu es femme d'un gouverneur ; vois si personne te montera jusqu'à la cheville. Ainsi, d'une façon ou d'une autre, tu deviendras riche, et tu auras bonne aventure. Que Dieu te la donne comme il le peut, et me garde pour te servir. De ce château, le 20 juillet 1614

1. Fouet fait de cordelettes ou de petites chaînes, utilisé pour se flageller.
2. De l'intérieur du vêtement, à hauteur de sa poitrine.

« Ton mari, le gouverneur. SANCHO PANZA. »

Ayant bientôt préparé leur plan et donné des ordres à leurs gens et à leurs vassaux sur la manière d'en agir avec Sancho dans le gouvernement de l'île promise, le duc dit à Sancho de faire ses préparatifs et de se parer pour aller être gouverneur. Sancho s'inclina jusqu'à terre.

— Faites attention, ami Sancho, dit le duc. Ce que je puis vous donner, je vous le donne, une île faite et parfaite, ronde, bien proportionnée, extrêmement fertile et abondante, où vous pourrez, si vous savez bien vous y prendre, acquérir avec les richesses de la terre les richesses du ciel.

— Eh bien ! c'est bon, répondit Sancho. Pourtant ce n'est point par l'ambition que j'ai de sortir de ma cabane, ni de m'élever à perte de vue ; mais parce que je désire essayer quel goût a le gouvernement.

— Si vous en goûtez une fois, Sancho, dit le duc, vous vous mangerez les doigts après, car c'est une bien douce chose que de commander et d'être obéi. À coup sûr, quand votre maître sera devenu empereur (et il le sera sans doute, à voir la tournure que prennent ses affaires), on ne l'arrachera pas facilement de là, et vous verrez qu'il regrettera dans le fond de l'âme tout le temps qu'il aura passé sans l'être.

— Seigneur, répliqua Sancho, moi j'imagine qu'il

est bon de commander quand ce ne serait qu'à un troupeau de moutons.

— Qu'on m'enterre avec vous, Sancho, reprit le duc, si vous n'êtes savant en toutes choses, et j'espère que vous ferez un aussi bon gouverneur que le promet votre bon jugement. Mais restons-en là, et faites attention que demain matin vous irez prendre possession du gouvernement de l'île.

Enfin Sancho partit, accompagné d'une foule de gens. Il était vêtu en magistrat, montait un mulet, et derrière lui, par ordre du duc, marchait le grison, paré de harnais en soie et tout flambant neufs. De temps en temps Sancho tournait la tête pour regarder son âne, et se plaisait tellement en sa compagnie qu'il ne l'aurait pas échangé contre l'empereur d'Allemagne.

Or donc, Sancho arriva bientôt avec tout son cortège dans un bourg d'environ mille habitants, qui était l'un des plus riches que possédât le duc. On lui fit entendre qu'il s'appelait l'île de Barataria[1], soit qu'en effet le bourg s'appelât Baratario, soit pour exprimer à quel bon marché on lui avait donné le gouvernement. Quand il arriva aux portes du bourg, qui était entouré de murailles, le corps municipal sortit à sa rencontre. Puis on sonna les cloches, avec de risibles cérémonies, on lui remit les clefs du bourg,

1. Jeu de mots sur le nom de l'île : *barato*, en espagnol, signifie « bon marché », « peu cher ».

et on l'installa pour perpétuel gouverneur de l'île Barataria. Le costume, la barbe, la grosseur et la petitesse du nouveau gouverneur ne laissaient pas de surprendre tous les gens qui ne savaient pas le mot de l'énigme et même tous ceux qui le savaient, dont le nombre était grand. Finalement, au sortir de l'église, on le mena dans la salle d'audience, et on l'assit sur le siège du juge. Là, le majordome du duc lui dit :

— C'est une ancienne coutume dans cette île, seigneur gouverneur, que celui qui vient en prendre possession soit obligé de répondre à une question qu'on lui adresse, et qui est quelque peu embrouillée et embarrassante. Par la réponse à cette question, le peuple trouve sujet de se réjouir ou de s'attrister de sa venue.

Pendant que le majordome tenait ce langage à Sancho, celui-ci s'était mis à regarder plusieurs grandes lettres écrites sur le mur en face de son siège, et, comme il ne savait pas lire, il demanda ce que c'était. On lui répondit :

— Seigneur, c'est là qu'est écrit et enregistré le jour où Votre Seigneurie a pris possession de cette île. L'épitaphe[1] est ainsi conçue : Aujourd'hui tel quantième[2] de tel mois et de telle année, il a été pris possession de cette île par le seigneur don Sancho Panza. Puisse-t-il en jouir de longues années !

1. Inscription.
2. Tel jour.

— Et qui appelle-t-on don Sancho Panza ? demanda Sancho.

— Votre Seigneurie, répondit le majordome.

— Eh bien ! sachez, frère, reprit Sancho, que je ne porte pas le *don* Sancho Panza tout court, voilà comme je m'appelle ; Sancho s'appelait mon père, et Sancho mon grand-père, et tous furent des Panza, sans ajouter de *don* ni d'autres allonges. Maintenant, que le seigneur majordome expose sa question ; j'y répondrai du mieux qu'il me sera possible, soit que le peuple s'afflige, soit qu'il se réjouisse.

On fit ce qu'avait ordonné le gouverneur, devant lequel se présentèrent deux hommes âgés. L'un portait pour canne une tige de roseau creux ; l'autre vieillard, qui était sans canne, dit à Sancho :

— Seigneur, j'ai prêté à ce brave homme, il y a déjà longtemps, dix écus d'or, pour lui faire plaisir et lui rendre service, à condition qu'il me les rendrait dès que je lui en ferais la demande. Bien des jours se passèrent sans que je les lui demandasse. Enfin, voyant qu'il oubliait de s'acquitter, je lui ai demandé mes dix écus une et bien des fois ; mais non seulement il ne me les rend pas, mais il me les refuse, disant que jamais je ne lui ai prêté ces dix écus et que, si je les lui ai prêtés, il me les a rendus depuis longtemps. Je n'ai aucun témoin, ni du prêté ni du rendu, puisqu'il n'a pas fait de restitution. Je voudrais que Votre Grâce lui demandât le serment. S'il jure qu'il me les a rendus, je l'en tiens quitte pour ici et pour devant Dieu.

— Que dites-vous à cela, bon vieillard au bâton ? demanda Sancho.

Le vieillard répondit :

— Je confesse, seigneur, qu'il me les a prêtés ; mais puisqu'il s'en remet à mon serment, je jurerai que je les lui ai rendus et payés en bonne et due forme.

Alors le vieillard au roseau donna sa canne à l'autre vieillard, en le priant, comme si elle l'eût beaucoup embarrassé, de la tenir tandis qu'il prêterait serment. Il étendit ensuite la main sur la croix, et dit :

— Il est vrai que le comparant[1] m'a prêté les dix écus qu'il me réclame, mais je les lui ai rendus de la main à la main.

Alors, l'illustre gouverneur demanda au créancier ce qu'il avait à répondre à ce que disait son adversaire. L'autre repartit que son débiteur avait sans doute dit vrai, car il le tenait pour homme de bien et pour bon chrétien ; qu'il devait lui-même avoir oublié quand et comment la restitution lui avait été faite, mais que désormais il ne lui demanderait plus rien. Le débiteur reprit sa canne, baissa la tête et sortit de l'audience.

---

1. Celui qui comparaît en justice, devant un tribunal.

Lorsque Sancho le vit partir ainsi sans plus de façon, considérant aussi la résignation du demandeur, il inclina sa tête sur sa poitrine et, plaçant l'index de la main droite le long de son nez et de ses sourcils, il resta quelques moments à rêver ; puis il releva la tête et ordonna d'appeler le vieillard à la canne, qui avait déjà disparu. On le ramena, et dès que Sancho le vit :

— Donnez-moi cette canne, brave homme, lui dit-il ; j'en ai besoin.

— Très volontiers, seigneur, répondit le vieillard ; la voici ; et il la lui remit dans les mains.

Sancho la prit et, la tendant à l'autre vieillard :

— Allez avec Dieu, lui dit-il, vous voilà payé.

— Qui, moi, seigneur ? répondit le vieillard ; est-ce que ce roseau vaut dix écus d'or ?

— Oui, reprit le gouverneur, ou sinon je suis la plus grosse bête du monde, et l'on va voir si j'ai de la cervelle pour gouverner tout un royaume.

Alors il ordonna qu'on ouvrît et qu'on brisât la canne en présence de tout le public ; ce qui fut fait, et dans l'intérieur du roseau, on trouva dix écus d'or. Tous les assistants restèrent émerveillés et tinrent leur gouverneur pour un nouveau Salomon[1]. On lui demanda d'où il avait conjecturé que dans ce roseau devaient se trouver les dix écus d'or. Il répondit qu'ayant vu le vieillard donner sa canne à sa partie

---

1. Salomon (de –972 à –932 av. J.-C.), roi d'Israël célèbre pour sa sagesse.

adverse pendant qu'il prêtait serment, et jurer qu'il lui avait dûment et véritablement donné les dix écus, puis, après avoir juré, lui reprendre la canne, il lui était venu à l'esprit que dans ce roseau devait se trouver le remboursement qu'on lui demandait. Finalement, les deux vieillards s'en allèrent, l'un confus, l'autre remboursé, et tous les assistants restèrent dans l'admiration. Et celui qui était chargé d'écrire les paroles, les actions et jusqu'aux mouvements de Sancho, ne parvenait point à se décider s'il le tiendrait et le ferait tenir pour sot ou pour sage.

14

Où l'on continue de raconter comment se conduisait Sancho dans son gouvernement

L'histoire raconte que, de la salle d'audience, on conduisit Sancho à un somptueux palais, où, dans une grande salle, était dressée une table élégamment et royalement servie. Dès que Sancho entra dans la salle du festin, les clairons sonnèrent, et quatre pages s'avancèrent pour lui verser de l'eau sur les mains, cérémonie que Sancho laissa faire avec une parfaite gravité. Alors vint se mettre debout à ses côtés un personnage qu'on reconnut ensuite pour médecin. Un page, qui faisait l'office de maître d'hôtel, lui présenta un plat de fruits. Mais à peine Sancho en eut-il mangé une bouchée que le médecin toucha le plat du bout de sa baguette, et on le desservit avec une célérité[1] merveilleuse. Le maître d'hôtel approcha aussitôt un autre mets, que Sancho se mit en devoir de goûter ; mais, avant qu'il y eût porté, non les dents, mais seulement la main, déjà la baguette avait touché le plat, et un page l'avait emporté avec autant de promptitude que le plat de fruits.

Quand Sancho vit cela, il resta immobile de surprise ; puis, regardant tous les assistants à la ronde, il demanda s'il fallait manger ce dîner comme au jeu de passe-passe. Le médecin répondit :

— Il ne faut manger, seigneur gouverneur, que suivant l'usage et la coutume des autres îles où il y a des gouverneurs comme vous. Moi, seigneur, je suis médecin, payé pour être celui du gouverneur de cette île. Ma principale occupation est d'assister à ses repas, pour le laisser manger ce qui me semble lui convenir, et lui défendre ce que j'imagine devoir être nuisible à son estomac. Ainsi j'ai fait enlever le plat de fruits, parce que c'est une chose trop humide, et, quant à l'autre mets, je l'ai fait enlever aussi, parce que c'est une substance trop chaude, et qu'il y a beaucoup d'épices qui excitent la soif. Or celui qui boit beaucoup détruit et consomme l'humide radical, dans lequel consiste la vie.

— En ce cas, reprit Sancho, ce plat de perdrix

1. Avec une rapidité époustouflante.

rôties, et qui me semblent cuites fort à point, ne peut me faire aucun mal ?

— Le seigneur gouverneur, répondit le médecin, ne mangera pas de ces perdrix tant que je serai vivant.

— Et pourquoi ? demanda Sancho.

— Pourquoi ? reprit le médecin ; parce que notre maître Hippocrate[1], boussole et lumière de la médecine, a dit dans un aphorisme[2] : *Omnis saturatio mala, perdicis autem pessima* ; ce qui signifie : « Toute indigestion est mauvaise ; mais celle de perdrix très mauvaise. »

— S'il en est ainsi, dit Sancho, que le seigneur docteur voie un peu, parmi tous les mets qu'il y a sur cette table, quel est celui qui me fera le plus de bien, ou le moins de mal, et qu'il veuille bien m'en laisser manger à mon aise sans me le bâtonner, car, par la vie du gouverneur (Dieu veuille m'en laisser jouir !), je meurs de faim. Si l'on m'empêche de manger, quoi qu'en dise le seigneur docteur, et quelque regret qu'il en ait, ce sera plutôt m'ôter la vie que me la conserver.

— Votre Grâce a parfaitement raison, seigneur gouverneur, répondit le médecin. Aussi suis-je d'avis que Votre Grâce ne mange point de ces lapins fricas-

1. Hippocrate (vers – 460 à vers – 377 av. J.-C.), médecin grec, père de la médecine.
2. Formule résumant un point de science.

sés que voilà, parce que c'est un mets de bête à poil. Quant à cette pièce de veau, si elle n'était pas rôtie et mise en daube[1], on en pourrait goûter ; mais il ne faut pas y songer en cet état.

Quand Sancho entendit cela, il se jeta en arrière sur le dossier de sa chaise, regarda fixement le médecin, et lui demanda d'un ton grave comment il s'appelait, et où il avait étudié :

— Moi, seigneur gouverneur, répondit le médecin, je m'appelle le docteur Pédro Récio de Aguéro ; et j'ai reçu le grade de docteur à l'université d'Osuna[2].

— Eh bien ! s'écria Sancho tout enflammé de colère. Gradué par l'université d'Osuna, ôtez-vous de devant moi vite et vite, ou sinon, je jure par le soleil que je prends un gourdin et qu'à coups de trique, en commençant par vous, je ne laisse pas médecin dans l'île entière ; au moins de ceux que je reconnaîtrai bien pour des ignorants. Et qu'on me donne à manger, ou qu'on reprenne le gouvernement, car un métier qui ne donne pas de quoi vivre à celui qui l'exerce ne vaut pas deux fèves[3].

Le docteur s'épouvanta en voyant le gouverneur si fort en colère, et voulut s'enfuir de la salle ; mais,

1. Cuite à l'étouffée dans un récipient fermé.
2. Université fondée en 1548, de réputation médiocre, et qui surtout n'avait pas de faculté de médecine.
3. Ne vaut pas un radis, ne vaut rien.

à ce même instant, on entendit sonner dans la rue un cornet[1]. Le maître d'hôtel courut à la fenêtre, et dit, en revenant :

— Voici venir un courrier du duc, monseigneur ; il apporte sans doute quelque dépêche importante.

Le courrier entra, couvert de sueur et haletant de fatigue. Il tira de son sein un pli. Sancho ordonna, par souci du secret, de vider la salle, et de n'y laisser que le majordome et le maître d'hôtel. Tous les autres s'en allèrent avec le médecin, et aussitôt le majordome lut la dépêche, qui s'exprimait ainsi :

« Il est arrivé à ma connaissance que certains ennemis de moi et de cette île que vous gouvernez doivent lui donner un furieux assaut, je ne sais quelle nuit. Ayez soin de veiller et de rester sur le qui-vive, afin de n'être pas pris au dépourvu. Je sais aussi, par des espions dignes de foi, que quatre personnes déguisées sont entrées dans votre ville pour vous ôter la vie, parce qu'on redoute singulièrement la pénétration de votre esprit. Ayez l'œil au guet, voyez bien qui s'approche pour vous parler, et ne mangez rien de ce qu'on vous présentera. De ce pays, le 16 août, à quatre heures du matin. Votre ami, le duc. »

Sancho demeura frappé de stupeur, et les assis-

1. Une corne à postillon, pour annoncer le courrier à remettre.

tants montrèrent un saisissement égal. Alors, se tournant vers le majordome, il lui dit :

— Ce qu'il faut faire à présent, je veux dire tout de suite, c'est de mettre le docteur au fond d'un cachot, car si quelqu'un doit me tuer, c'est lui, et de la mort la plus lente et la plus horrible, comme est celle de la faim.

— Il me semble aussi, dit le maître d'hôtel, que Votre Grâce fera bien de ne pas manger de tout ce qui est sur cette table.

— Je ne le nie pas, reprit Sancho. Quant à présent, qu'on me donne un bon morceau de pain et quatre à cinq livres de raisin, où l'on ne peut avoir logé le poison ; car enfin je ne puis vivre sans manger. Vous, secrétaire, répondez au duc mon seigneur, et dites-lui qu'on exécutera tout ce qu'il ordonne, sans qu'il y manque un point.

Finalement, le docteur revint et lui promit de le laisser souper ce soir-là, dût-il violer tous les aphorismes d'Hippocrate. Cette promesse remplit de joie le gouverneur, qui attendait avec une extrême impatience que la nuit vînt, et avec elle l'heure du souper.

La nuit vint, et le gouverneur soupa, comme on l'a dit, avec la permission du docteur. Chacun s'étant équipé pour la ronde, il sortit avec le majordome, le secrétaire, le maître d'hôtel, le chroniqueur chargé de mettre par écrit ses faits et gestes. Sancho marchait au milieu d'eux, tout à fait beau à voir. Ils avaient à peine traversé quelques rues du pays qu'ils entendirent un bruit d'épées. On accourut et l'on trouva que c'étaient deux hommes seuls qui étaient aux prises ; lesquels, voyant venir la justice, s'arrêtèrent, et l'un d'eux s'écria :

— Au nom de Dieu et du roi, est-il possible de souffrir qu'on vole en pleine ville dans ce pays et qu'on attaque dans les rues comme sur un grand chemin ?

— Calmez-vous, homme de bien, dit Sancho, et contez-moi la cause de votre querelle ; je suis le gouverneur.

L'adversaire dit alors :

— Seigneur gouverneur, je vous le dirai aussi brièvement que possible. Votre Grâce saura que ce gentilhomme vient à présent de gagner dans cette maison de jeu, qui est en face, plus de mille réaux[1], et Dieu sait comment. Et, comme j'étais présent, je l'ai aidé. Il est parti avec son gain, et, quand j'attendais qu'il me donnerait pour le moins un écu de gratification, comme c'est l'usage et la coutume, il empocha son argent et sortit de la maison. Je courus, plein de dépit, à sa poursuite, et lui demandai d'une façon polie qu'il me donnât tout au moins huit réaux, car il sait bien que je suis un homme d'honneur. Mais le sournois ne voulait pas me donner plus de quatre

1. Ancienne monnaie espagnole.

réaux. Voyez, seigneur gouverneur, quel peu de honte et quel peu de conscience !

— Que dites-vous à cela ? demanda Sancho.

L'autre répondit :

— Tout ce qu'a dit mon adversaire est la vérité. Je n'ai pas voulu lui donner plus de quatre réaux, parce que je les lui donne bien souvent ; et ceux qui attendent la gratification des joueurs doivent être polis.

— Voici ce qu'il en faut faire, répondit Sancho : vous, gagnant, donnez sur-le-champ à votre assaillant cent réaux, et vous aurez de plus à en débourser trente pour les pauvres. Et vous, qui n'avez ni métier ni rente, et vivez les bras croisés dans cette île, prenez vite ces cent réaux et demain sortez de cette île, exilé pour dix années, sous peine d'être accroché à la potence par mon ordre. Et que personne ne réplique, ou gare à lui.

L'un déboursa l'argent, l'autre l'empocha ; celui-ci quitta l'île, et celui-là s'en retourna chez lui. Le gouverneur rentra dans son palais.

Sancho passa cette après-dînée à faire quelques ordonnances touchant la bonne administration de ce qu'il imaginait être une île. Il abaissa le prix de toutes espèces de chaussures, principalement celui des souliers, car il lui sembla qu'il s'élevait démesurément. Il établit des peines rigoureuses contre ceux qui chanteraient des chansons obscènes, de jour ou de nuit. Il créa un magistrat chargé des pauvres, non pour les poursuivre, mais pour examiner s'ils le sont ; car, à l'ombre d'amputations feintes ou de plaies postiches, se cachent des bras voleurs et des estomacs ivrognes. Enfin, il ordonna de si bonnes choses que ses lois sont encore en vigueur dans ce pays, où on les appelle : *Les Constitutions du grand gouverneur Sancho Panza.*

15

De la terrible fin et fatigante conclusion qu'eut le gouvernement de Sancho Panza

La septième nuit des jours de son gouvernement, Sancho était au lit, rassasié, non pas de pain et de vin, mais de rendre des sentences, de donner des avis et d'établir des statuts. Au moment où le sommeil commençait à lui fermer les paupières, il entendit tout à coup un grand tapage. Plein de trouble et d'épouvante, il sauta par terre et accourut à la porte de son appartement. Au même instant il vit venir par les corridors plus de vingt personnes qui disaient toutes à grands cris :

— Aux armes, aux armes, seigneur gouverneur !

aux armes ! Une infinité d'ennemis ont pénétré dans l'île, et nous sommes perdus si votre adresse et votre valeur ne nous portent secours.

Ce fut avec ce tapage et cette furie qu'ils arrivèrent où était Sancho, plus mort que vif de ce qu'il voyait et entendait. Quand ils furent proches, l'un d'eux lui dit :

— Que Votre Seigneurie s'arme vite, si elle ne veut se perdre et perdre l'île entière.

— Qu'ai-je à faire de m'armer ? répondit Sancho ; et qu'est-ce que j'entends en fait d'armes et de secours ?

— Holà ! seigneur gouverneur, s'écria un autre, quelle froideur est-ce là ? Armez-vous bien vite, et soyez notre guide et notre capitaine, puisque vous êtes notre gouverneur.

— Eh bien ! qu'on m'arme donc, et à la bonne heure, répliqua Sancho.

Aussitôt on apporta deux grands boucliers, qu'on lui attacha sur sa chemise, un devant et l'autre derrière. On lui fit passer les bras par des ouvertures qui avaient été pratiquées, et on le lia vigoureusement avec des cordes, de façon qu'il resta sans pouvoir plier les genoux ni se mouvoir d'un pas. On lui mit dans les mains une lance, sur laquelle il s'appuya pour pouvoir se tenir debout. Quand il fut arrangé de la sorte, on lui dit de marcher devant, pour guider et animer tout le monde.

— Comment diable puis-je marcher, malheureux que je suis, répondit Sancho, si je ne peux seulement jouer des rotules.

— Allons donc, seigneur gouverneur, dit un autre, c'est plus la peur que les planches qui vous empêche de marcher.

À ces reproches, le pauvre gouverneur essaya de remuer ; mais ce fut pour faire une si lourde chute tout de son long qu'il crut s'être mis en morceaux. Alors, ceux qui le tournaient en ridicule, éteignant leurs torches, se mirent à crier de plus belle, à appeler aux armes, à passer et repasser sur le pauvre Sancho, en frappant les boucliers d'une multitude de coups d'épée. Mais quand il l'espérait le moins, il entendit des voix qui criaient :

— Victoire, victoire ! les ennemis battent en retraite. Allons, seigneur gouverneur, levez-vous ; venez jouir du triomphe.

— Qu'on me lève, dit d'une voix défaillante le dolent Sancho.

On l'aida à se relever, on lui apporta du vin, on détacha les boucliers ; il s'assit sur son lit et s'évanouit aussitôt de la peur, des alarmes et des souffrances qu'il avait endurées.

Déjà les mystificateurs commençaient à regretter d'avoir poussé le jeu si loin ; mais Sancho, en revenant à lui, calma la peine que leur avait donnée son évanouissement. Il demanda l'heure qu'il était ; on lui répondit que le jour commençait à poindre. Il se tut ; et, sans dire un mot de plus, il commença à s'habiller, toujours gardant le silence. Les assistants le regardaient faire. Il acheva enfin de se vêtir ; et peu à peu (car il était trop moulu pour aller beaucoup à beaucoup), il gagna l'écurie, où le suivirent tous ceux qui se trouvaient là. Il s'approcha de son âne, le prit dans ses bras, lui donna un baiser de paix sur le front, et lui dit, les yeux mouillés de larmes :

— Venez ici, mon compagnon, mon ami, vous qui m'aidez à supporter mes travaux et mes misères. Quand je vivais avec vous en bonne intelligence, quand je n'avais d'autres soucis que ceux de raccommoder vos harnais et de donner de la subsistance à votre gentil petit corps, heureux étaient mes heures, mes jours et mes années. Mais, depuis que je vous ai laissé, depuis que je me suis élevé sur les tours de l'ambition et de l'orgueil, il m'est entré dans l'âme mille misères, mille souffrances, et quatre mille inquiétudes.

Tout en lui tenant ces propos, Sancho bâtait et bridait son âne, sans que personne lui dît un seul mot. Puis, il monta à grand-peine sur son dos, et, adressant alors la parole au majordome, au secrétaire, au maître d'hôtel, au docteur, et à une foule d'autres qui se trouvaient présents, il leur dit :

— Faites place, mes seigneurs, et laissez-moi retourner à mon ancienne liberté ; laissez-moi reprendre la vie passée. Je ne suis pas né pour être gouverneur ni pour défendre des îles ou des villes contre les ennemis qui veulent les attaquer. Je m'entends mieux à manier la pioche, à mener la charrue, à tailler la vigne qu'à donner des lois ou à défendre des provinces et des royaumes. La place de saint Pierre[1] est à Rome ; je veux dire que chacun est à sa place quand il fait le métier pour lequel il est né. Une faucille me va mieux à la main qu'un sceptre de gouverneur. J'aime mieux me rassasier de soupe à l'oignon que d'être soumis à la vilenie d'un impertinent médecin qui me fait mourir de faim ; j'aime mieux me coucher à l'ombre d'un chêne dans l'été et me couvrir d'une houppelande[2] à poils dans l'hiver, en gardant ma liberté, que de me coucher avec les embarras du gouvernement entre des draps de toile de Hollande et de m'habiller de martres zibelines[3]. Je souhaite le bonsoir à Vos Grâces et vous prie de dire au duc, mon seigneur, que nu je suis né, nu je me trouve ; je ne perds ni ne gagne : je veux dire que sans un denier je suis entré dans ce gouvernement, et que j'en sors sans un denier, bien au rebours de ce que font d'habitude les gouverneurs d'autres îles. Écartez-vous, et laissez-moi passer ; je vais aller me graisser les côtes, car je crois que je les

1. Devant le Vatican, le palais où réside le pape.
2. Long manteau en peau de mouton.
3. Petits mammifères dont la fourrure était très appréciée.

ai toutes rompues, grâce aux ennemis qui se sont promenés cette nuit sur mon estomac.

— N'en faites rien, seigneur gouverneur, s'écria le docteur, je promets à Votre Grâce de le laisser manger abondamment de tout ce qui vous fera plaisir.

— Ah ! pardieu, répondit Sancho. Je suis de la famille des Panza, qui sont tous entêtés en diable ; et quand une fois ils disent non, non, ce doit être en dépit du monde entier.

Tous tombèrent d'accord et le laissèrent partir, après avoir offert de lui tenir compagnie et de le pourvoir de tout ce qu'il pouvait désirer pour les aises de sa personne et la commodité de son voyage. Sancho répondit qu'il ne voulait qu'un peu d'orge pour l'âne et un demi-fromage avec un demi-pain pour lui ; que, le chemin étant si court, il ne lui fallait ni plus amples ni meilleures provisions. Tous l'embrassèrent, et lui les embrassa tous en pleurant, et les laissa aussi émerveillés de ses propos que de sa résolution si énergique et si discrète.

16

Des choses qui arrivèrent en chemin à Sancho, et d'autres qui feront plaisir à voir

Sancho, moitié joyeux, moitié triste, cheminait sur son âne, venant chercher son maître, dont il aimait mieux retrouver la compagnie que d'être gouverneur de toutes les îles du monde.

Il n'arriva pas ce jour-là au château du duc, bien qu'il s'en approchât à une demi-lieue. La nuit le surprit, close et un peu obscure. Il s'écarta donc de la route dans l'intention de se faire un gîte pour attendre le matin. Mais sa mauvaise étoile voulut qu'en cherchant une place où passer la nuit ils tombèrent, lui et son âne, dans un sombre et profond souterrain qui se trouvait au milieu d'anciens édifices ruinés. Quand il sentit la terre lui manquer, il pensa qu'il ne s'arrêterait plus que dans la profondeur des abîmes. Pourtant il n'en fut pas ainsi ; car, à trois toises[1] environ, sa bête toucha terre, et Sancho se trouva dessus sans avoir éprouvé le moindre mal.

— Malheureux que je suis ! Où ont abouti mes folies et mes caprices ! On tirera mes os d'ici, quand le ciel permettra qu'on les découvre, secs, blancs et ratissés.

De cette manière se lamentait Sancho Panza, et son âne l'écoutait sans lui répondre un mot, tant grande était l'angoisse que le pauvre animal endurait. Finalement, après une nuit passée en plaintes amères et en lamentations, le jour parut, et, aux premières clartés de l'aurore, Sancho vit qu'il était absolument impossible de sortir, sans être aidé, de cette espèce de puits. Or il arriva que don Quichotte étant sorti un beau matin à cheval pour une raison que l'on verra par la suite, Rossinante vint mettre les pieds près d'un trou profond. Enfin, don Quichotte s'approcha un peu plus près, et considéra, sans mettre pied à terre, cette large ouverture. Mais, tandis qu'il l'examinait, il entendit de grands cris au-dedans, et, prêtant une extrême attention, il put distinguer que celui qui jetait ces cris parlait de la sorte :

---

1. Ancienne unité de mesure valant 1,949 m.

— Holà ! là-haut ! y a-t-il quelque chrétien qui m'écoute, quelque chevalier charitable qui prenne pitié d'un pauvre pécheur enterré tout vif, d'un malheureux gouverneur qui n'a pas su se gouverner ?

Don Quichotte crut reconnaître la voix de Sancho Panza. Surpris, épouvanté, il éleva la sienne autant qu'il put, et cria de toute sa force :

— Qui est là en bas ? Qui se plaint ainsi ?

— Qui peut être ici et qui peut s'y plaindre, répondit-on, si ce n'est le déplorable Sancho Panza, gouverneur pour ses péchés et par sa mauvaise chance de l'île Barataria, ci-devant écuyer du fameux don Quichotte de la Manche ?

Quand don Quichotte entendit cela, il sentit redoubler sa surprise. Il tira son serviteur et l'âne de là, et lui expliqua alors sa présence.

17

Qui traite de quelle manière don Quichotte prit congé du duc, et de ce qui arriva ensuite

En effet, il avait paru convenable à don Quichotte de sortir d'une oisiveté aussi complète que celle où il languissait dans ce château. Un jour donc il avait demandé au duc et à la duchesse la permission de prendre congé d'eux. Ils la lui donnèrent, mais en témoignant une grande peine de ce qu'il les quittât.

C'est ainsi qu'il rencontra Sancho. Il décida de le prendre avec lui, ayant entendu ses aventures. Ils partirent alors pour Barcelone et s'installèrent en ville.

Un matin que don Quichotte était sorti pour se

promener sur la plage, armé de toutes pièces, car jamais il n'était un instant sans armure, il vit venir à lui un chevalier également armé de pied en cap, qui portait peinte sur son écu une lune resplendissante. Celui-ci, s'approchant assez près pour être entendu, adressa la parole à don Quichotte, et lui dit d'une voix haute :

— Insigne chevalier et jamais dignement loué don Quichotte de la Manche, je suis le chevalier de la Blanche-Lune, dont les prouesses inouïes t'auront sans doute rappelé le nom à la mémoire. Je viens me mesurer avec toi et faire l'épreuve de tes forces, avec l'intention de te faire reconnaître et confesser que ma dame, quelle qu'elle soit, est incomparablement plus belle que ta Dulcinée du Toboso. Si tu confesses d'emblée cette vérité, tu éviteras la mort. Si nous combattons, et si je suis vainqueur, je ne veux qu'une satisfaction : c'est que, déposant les armes, et t'abstenant de chercher les aventures, tu te retires dans ton village pour le temps d'une année, pendant laquelle tu vivras, sans mettre l'épée à la main, en paix et en repos, car ainsi l'exigent le soin de ta fortune et le salut de ton âme.

Don Quichotte resta stupéfait, aussi bien de l'arrogance du chevalier de la Blanche-Lune que de la cause de son défi. Il lui répondit avec calme et d'un ton sévère :

— Chevalier de la Blanche-Lune, dont les

exploits ne sont point encore arrivés à ma connaissance, je vous ferai jurer que vous n'avez jamais vu l'illustre Dulcinée. Si vous l'eussiez vue, je sais que vous vous fussiez bien gardé de vous hasarder en cette entreprise ; car son aspect vous eût détrompé, et vous eût appris qu'il n'y a point et qu'il ne peut y avoir de beauté comparable à la sienne. Ainsi donc, sans vous dire que vous en avez menti, mais en disant du moins que vous êtes dans une complète erreur, j'accepte votre défi, avec les conditions que vous y avez mises, et je l'accepte sur-le-champ, pour ne point vous faire perdre le jour que vous avez fixé.

On avait aperçu de la ville le chevalier de la Blanche-Lune, et l'on avait averti le vice-roi qu'il était en pourparlers avec don Quichotte de la Manche. Le vice-roi prit aussitôt le chemin de la plage, accompagné de plusieurs autres gentilshommes. Ils arrivèrent au moment où les deux champions faisaient mine de fondre l'un sur l'autre. Le vice-roi se mit au milieu et leur demanda quel était le motif qui les poussait à se livrer si soudainement bataille.

— C'est une prééminence de beauté, répondit le chevalier de la Blanche-Lune ; et il répéta succinctement ce qu'il avait dit à don Quichotte, ainsi que les conditions du duel acceptées de part et d'autre. Ne pouvant pas se persuader que ce ne fût pas une plaisanterie, le vice-roi s'éloigna en disant :

— Seigneurs chevaliers, s'il n'y a point ici de milieu entre confesser ou mourir ; si le seigneur don Quichotte est intraitable, et si Votre Grâce, seigneur de la Blanche-Lune, n'en veut pas démordre, en avant, et à la garde de Dieu.

Puis, sans qu'aucune trompette ni autre instrument guerrier leur donnât le signal de l'attaque, les adversaires tournèrent bride tous deux en même temps. Mais, comme le coursier du chevalier de la Blanche-Lune était le plus léger, il atteignit don Quichotte et il le heurta si violemment, sans le toucher avec sa lance, dont il sembla relever exprès la pointe, qu'il fit rouler sur le sable Rossinante et don Quichotte. Il s'avança aussitôt sur le chevalier et, lui mettant le fer de sa lance à la visière, il lui dit :

— Vous êtes vaincu, chevalier, et mort même, si vous ne confessez les conditions de notre combat.

Don Quichotte, étourdi et brisé de sa chute, répondit d'une voix creuse et dolente :

— Dulcinée du Toboso est la plus belle femme du monde, et moi le plus malheureux chevalier de la terre. Pousse, chevalier, pousse ta lance, et ôte-moi la vie, puisque tu m'as ôté l'honneur.

— Oh ! non, certes, je n'en ferai rien, s'écria le chevalier de la Blanche-Lune. Vive, vive en sa plénitude la renommée de Mme Dulcinée du Toboso ! Je ne veux qu'une chose, c'est que le grand don Quichotte se retire dans son village une année, ou le temps que je lui prescrirai.

Le chevalier de la Blanche-Lune tourna bride, et, saluant le vice-roi de la tête, il prit le petit galop pour rentrer dans la ville. Le vice-roi donna l'ordre à don Antonio, son principal conseiller, de le suivre, pour savoir à tout prix qui il était.

Quand le chevalier de la Blanche-Lune vit que ce gentilhomme ne le quittait pas, il lui dit :

— Je vois bien, seigneur, pourquoi vous êtes venu ; vous voulez savoir qui je suis, et, comme je n'ai nulle raison de le cacher, je vais vous le dire en toute vérité. Sachez donc, seigneur, qu'on m'appelle le bachelier Samson Carrasco. Je suis du village même de don Quichotte de la Manche, dont la folie est un objet de pitié pour nous tous qui le connaissons. Or, comme je crois que sa guérison dépend de son repos, et de ce qu'il ne bouge plus de son pays et de sa maison, j'ai cherché un moyen de l'obliger à y rester tranquille. Il est si ponctuel à observer les devoirs de la chevalerie errante qu'en exécution de sa parole, il observera, sans aucun doute, l'ordre qu'il a reçu de moi.

Don Antonio rapporta au vice-roi tout ce que lui avait conté Carrasco, chose dont le vice-roi n'éprouva pas grand plaisir ; car la réclusion de don Quichotte allait détruire le plaisir qu'auraient eu tous les gens auxquels seraient parvenues les nouvelles des folies du chevalier de la Triste Figure.

Le départ de don Quichotte et de Sancho eut lieu deux jours après ; car les suites de sa chute ne permirent point au chevalier de se mettre plus tôt en route. Enfin, ils partirent tous deux, un peu après, don Quichotte désarmé et en habit de voyage ; Sancho à pied, l'âne portant les armes sur son dos.

18

Qui traite de ce que verra celui qui le lira, ou de ce qu'entendra celui qui l'écoutera lire

Au sortir de Barcelone, don Quichotte vint revoir la place où il était tombé, et s'écria :

— Ici, finalement, tomba mon bonheur, pour ne se relever jamais !

Sancho, qui entendit ces lamentations, lui dit aussitôt :

— C'est aussi bien le propre d'un cœur vaillant, mon bon seigneur, d'avoir de la patience et de la fermeté dans les malheurs. Quand j'étais gouverneur, je me sentais gai, mais maintenant que je suis écuyer à pied, je ne me sens pas triste.

— Tu es bien philosophe, Sancho, répondit don Quichotte, et tu parles en homme de bon sens. Je ne sais vraiment qui t'apprend de telles choses. Mais ce que je puis te dire, c'est que chacun est l'artisan de son bonheur. J'aurais dû penser qu'à la grosseur démesurée du cheval que montait le chevalier de la Blanche-Lune, la faiblesse de Rossinante ne pouvait résister.

Ce fut en ces entretiens que se passa toute la journée, et quatre autres encore, sans qu'il leur arrivât rien qui contrariât leur voyage.

Le cinquième jour, don Quichotte s'assit à l'ombre d'un arbre, et là, comme des mouches à la curée du miel, mille pensées accoururent le harceler.

— Est-il possible, s'écria-t-il, que tu ne penses plus, ô Sancho, à Dulcinée, Dulcinée à qui tu fais injure par les retards que tu mets à te fouetter.

— Ma foi, seigneur, répondit Sancho, s'il faut dire la vérité, je ne puis me persuader que les claques à me donner sur le derrière aient rien à voir avec le désenchantement des enchantés. J'oserais bien jurer qu'entre toutes les histoires que Votre Grâce a lues, traitant de la chevalerie errante, vous n'avez pas vu un seul désenchantement à coups de fouet.

— Je te le demande, Sancho, répliqua don Quichotte. Lève-toi, éloigne-toi quelque peu d'ici ; puis, avec bonne grâce et bon courage, donne-toi trois ou quatre cents coups de fouet.

— Seigneur, répondit Sancho, que Votre Grâce me laisse dormir et ne me pousse pas à bout quant à ce qui est de me fouetter.

— Quant à moi, ajouta don Quichotte, je puis dire que, si tu voulais une paye pour les coups de fouet du désenchantement de Dulcinée, je te la donnerais aussi bonne que possible. Vois, Sancho, ce que tu exiges, et fouette-toi bien vite ; puis tu te payeras comptant et de tes propres mains, puisque tu as de l'argent à moi.

À cette proposition, Sancho ouvrit d'une aune les yeux et les oreilles, et consentit, dans le fond de son cœur, à se fouetter très volontiers.

— Allons, seigneur, dit-il à son maître, je veux bien me disposer à faire plaisir à Votre Grâce en ce qu'elle désire, puisque j'y trouve mon profit. À un *cuartillo*[1] la pièce, et je ne prendrai pas moins pour rien au monde, cela fait sept cent cinquante réaux.

— Ô Sancho béni ! ô aimable Sancho ! s'écria don Quichotte, combien nous allons être reconnaissants, Dulcinée et moi. Pour que tu abrèges son enchantement, j'ajoute encore cent réaux.

— Je l'abrégerai cette nuit même, répliqua Sancho. Tâchez que nous la passions en rase campagne et à ciel ouvert ; et alors je m'ouvrirai la peau.

La nuit vint. Le chevalier et l'écuyer gagnèrent un bouquet d'arbres touffus, un peu à l'écart du chemin,

1. Un quart de réal (mot espagnol).

et là, laissant vides la selle de Rossinante et le bât de l'âne, Sancho se retira à vingt pas environ de don Quichotte, au milieu de quelques hêtres.

Aussitôt il se déshabilla de la ceinture au haut du corps ; puis, empoignant le cordeau, il commença à se fustiger, et don Quichotte à compter les coups, Sancho s'en était à peine donné six ou huit que la plaisanterie lui parut un peu lourde, et le prix un peu léger. Mais le sournois cessa bien vite de se les donner sur les épaules. Il frappait sur les arbres, en poussant de temps en temps des soupirs tels qu'on aurait dit qu'à chacun d'eux il s'arrachait l'âme. Don Quichotte, attendri, craignant d'ailleurs qu'il n'y laissât la vie, lui dit alors :

— Au nom du ciel, ami, laisses-en là cette affaire ; le remède me semble bien âpre, et il sera bon de donner du temps au temps. On n'a pas pris Zamora[1] en une heure. Tu t'es appliqué déjà, si je n'ai pas mal compté, plus de mille coups de fouet ; c'est assez pour à présent, car l'âne, en parlant à la grosse manière, souffre la charge, mais non la surcharge.

Mais Sancho reprit sa tâche avec tant d'énergie qu'il eut bientôt enlevé l'écorce à plusieurs arbres : telle était la rigueur qu'il mettait à se flageller. Enfin, le dernier coup donné, don Quichotte accourut et s'empressa de se dépouiller, et, demeurant en justau-

1. Référence proverbiale au long siège de la ville au XIe siècle, lors des guerres dynastiques que connut l'Espagne chrétienne.

corps, il couvrit bien Sancho, qui dormit jusqu'à ce que le soleil l'éveillât. Ils continuèrent ensuite leur chemin, et firent halte ce jour-là dans un village à trois lieues de distance.

Ils descendirent à une auberge, que don Quichotte reconnut pour telle, et ne prit pas pour un château car, depuis qu'il avait été vaincu, il avait un jugement plus sain.

La nuit suivante, ils cheminèrent sans qu'il leur arrivât rien qui mérite d'être raconté, si ce n'est pourtant que Sancho finit sa tâche : ce qui remplit don Quichotte d'une joie si folle qu'il attendait le jour pour voir s'il ne trouverait pas en chemin Dulcinée, sa dame, déjà désenchantée.

Dans ces pensées et ces désirs, ils montèrent une colline du haut de laquelle on découvrait leur village. À cette vue, Sancho se mit à genoux et s'écria :

— Ouvre les yeux, patrie désirée, et vois revenir à toi Sancho Panza, et aussi ton fils don Quichotte, lequel, s'il revient vaincu par la main d'autrui, revient vainqueur de lui-même ; ce qui est, à ce qu'il m'a dit, la plus grande victoire qui se puisse remporter. Mais, moi, j'apporte de l'argent.

— Laisse là ces sottises, dit don Quichotte, et préparons-nous à entrer du pied droit dans notre village.

Cela dit, ils descendirent la colline et gagnèrent le village.

19

Des présages sinistres qui frappèrent don Quichotte à l'entrée de son village, ainsi que d'autres événements qui décorent et rehaussent cette grande histoire

À l'entrée du pays, don Quichotte vit deux petits garçons qui se querellaient ; et l'un d'eux dit à l'autre :

— Tu as beau faire, Périquillo, tu ne la reverras plus, ni de ta vie ni de tes jours.

Don Quichotte entendit ce propos.

— Ami, dit-il à Sancho, ne vois-tu pas qu'en appliquant cette parole à ma situation, elle signifie que je ne reverrai plus Dulcinée ?

— Allons, seigneur, répliqua Sancho, il ne faut pas insister là-dessus ; passons outre et entrons dans le pays.

C'est alors que les deux aventuriers furent reconnus par le curé et le bachelier, qui accoururent à eux les bras ouverts. Don Quichotte mit pied à terre et embrassa étroitement ses deux amis. Finalement, accompagnés du curé et de Carrasco, ils entrèrent dans le pays et furent tout droit à la maison de don Quichotte, où ils trouvèrent sur la porte la gouvernante et la nièce, auxquelles était parvenue déjà la nouvelle de leur arrivée. On avait, ni plus ni moins, donné la même nouvelle à Thérèse Panza, femme de Sancho, laquelle, échevelée et demi-nue, traînant par la main Sanchica sa fille, accourut au-devant de son mari. Mais, ne le voyant point paré et attifé comme elle pensait que devait être un gouverneur, elle s'écria :

— Hé ! mari, comme vous voilà fait ! Il me semble que vous venez à pied, comme un chien, et les pattes enflées. Vous avez plutôt la mine d'un mauvais sujet que d'un gouverneur.

— Tais-toi, Thérèse, répondit Sancho. Allons à la maison ; là tu entendras des merveilles. J'apporte de l'argent, ce qui est l'essentiel, gagné par mon industrie, et sans préjudice d'autrui.

Don Quichotte, sans attendre ni délai ni occasion, s'enferma sur-le-champ en tête-à-tête avec ses deux amis ; puis il leur conta succinctement sa défaite, et l'engagement qu'il avait pris de ne pas quitter son village d'une année, engagement qu'il pensait bien remplir au pied de la lettre. Il ajouta qu'il avait pensé à se faire berger pendant cette année, et à se distraire dans la solitude des champs.

Les deux amis tombèrent de leur haut en voyant la nouvelle folie de don Quichotte ; mais, dans la crainte qu'il ne se sauvât une autre fois du pays pour retourner à ses expéditions de chevalerie, ils souscrivirent à son nouveau projet.

Le sort voulut que la nièce et la gouvernante entendissent toute la conversation, et, dès que don Quichotte fut seul, elles entrèrent toutes deux auprès de lui.

— Qu'est-ce que ceci, seigneur oncle ? dit la nièce, quand nous pensions, la gouvernante et moi, que Votre Grâce venait se retirer enfin dans sa maison pour y passer une vie tranquille et honnête, voilà que vous voulez vous fourrer dans de nouveaux labyrinthes.

La gouvernante s'empressa d'ajouter :

— Mal pour mal, il vaut encore mieux être chevalier errant que berger. Tenez, seigneur, prenez mon conseil : restez chez vous, réglez vos affaires, confessez-vous chaque semaine, faites l'aumône aux pauvres, et, sur mon âme, s'il vous en arrive mal...

— C'est bon, c'est bon, mes filles, leur répondit don Quichotte ; je sais fort bien ce que j'ai à faire. Menez-moi au lit ; car il me semble que je ne suis pas très bien portant ; et soyez certaines que, soit chevalier errant, soit berger, je ne cesserai pas de veiller à ce que rien ne vous manque, ainsi que vous le verrez à l'œuvre.

Et les deux bonnes filles, nièce et gouvernante, le conduisirent à son lit, où elles lui donnèrent à manger et le choyèrent de leur mieux.

20

Comment don Quichotte tomba malade, du testament qu'il fit, et de sa mort

Comme les choses humaines ne sont point éternelles, don Quichotte fut pris d'une fièvre obstinée, qui le retint au lit six jours entiers, pendant lesquels il fut visité maintes et maintes fois par le curé, le bachelier, le barbier, ses amis, ayant toujours à son chevet Sancho Panza, son fidèle écuyer. Ses amis appelèrent le médecin, qui lui tâta le pouls, n'en fut pas fort satisfait, et dit :

— De toute façon, il faut penser au salut de l'âme, car celui du corps est en danger.

Don Quichotte entendit cet arrêt d'un esprit

calme et résigné. Il demanda qu'on le laissât seul, voulant dormir un peu. Tout le monde s'éloigna, et il dormit, comme on dit, tout d'une haleine, plus de six heures durant. Il s'éveilla au bout de ce temps et, poussant un grand cri, il s'écria :

— Béni soit Dieu tout-puissant, à qui je dois un si grand bienfait ! Enfin, sa miséricorde est infinie, et les péchés des hommes ne l'éloignent ni ne la diminuent.

La nièce avait écouté attentivement les propos de son oncle, qui lui parurent plus raisonnables que ceux qu'il avait coutume de tenir, au moins depuis sa maladie.

— Qu'est-ce que dit Votre Grâce, seigneur ? lui demanda-t-elle. Avons-nous quelque chose de nouveau ? Quels sont ces miséricordes et ces péchés des hommes dont vous parlez ?

— Ces miséricordes, ô ma nièce, répondit don Quichotte, sont celles dont Dieu vient à l'instant même de me combler. J'ai la raison libre et claire, dégagée des ombres épaisses de l'ignorance dont l'avait enveloppée l'insipide et continuelle lecture des exécrables livres de chevalerie. Je reconnais maintenant leurs extravagances et leurs séductions trompeuses. Tout ce que je regrette, c'est d'être désabusé si tard qu'il ne me reste plus le temps de prendre ma revanche, en lisant d'autres livres qui soient la lumière de l'âme. Je me sens, ô ma nièce, à l'article de la mort, et je voudrais mourir de telle sorte qu'on en conclût que ma vie n'a pas été si mauvaise. Je fus fou, il est vrai ; mais je ne voudrais pas donner par ma mort la preuve de cette vérité. Appelle, ma chère amie, appelle mes bons amis le curé, le bachelier Samson Carrasco et maître Nicolas le barbier ; je veux me confesser et faire mon testament.

La nièce n'eut pas à prendre cette peine, car ils entrèrent tous trois à point nommé. À peine don Quichotte les eut-il aperçus qu'il continua :

— Félicitez-moi, mes bons seigneurs, de ce que je ne suis plus don Quichotte de la Manche, mais Alonzo Quijano, que des mœurs simples et régulières ont fait surnommer le bon. J'ai pris en haine toutes les histoires profanes de la chevalerie errante ; je reconnais ma sottise, et le péril où m'a jeté leur lecture.

Le curé fit retirer tout le monde, et resta seul avec don Quichotte, qu'il confessa. En même temps, le bachelier alla chercher le notaire et le ramena bientôt, ainsi que Sancho Panza. La confession terminée, le curé sortit en disant :

— Véritablement, Alonzo Quijano le bon est guéri de sa folie ; nous pouvons entrer pour qu'il fasse son testament.

Ces nouvelles donnèrent une terrible atteinte aux yeux gros de larmes de la gouvernante, de la nièce et du bon écuyer Sancho Panza ; tellement qu'elles leur firent jaillir les pleurs des paupières, et mille profonds soupirs de la poitrine ; car véritablement, comme on l'a dit quelquefois, tant que don Quichotte fut Alonzo Quijano le bon, tout court, et tant qu'il fut don Quichotte de la Manche, il eut toujours l'humeur douce et le commerce agréable.

Le notaire entra avec les autres, et fit l'intitulé du testament. Puis, lorsque don Quichotte eut réglé les affaires de son âme, avec toutes les circonstances chrétiennes requises en pareil cas, arrivant aux legs, il dicta ce qui suit :

— *Item*[1], ma volonté est, concernant Sancho Panza, qu'on ne lui réclame rien de certaine somme d'argent qu'il a gardée, et qu'on ne lui en demande aucun compte. S'il reste quelque chose, quand il sera payé de ce que je lui dois, que le restant, qui ne peut être bien considérable, lui appartienne, et grand bien lui fasse. Si, de même qu'étant fou j'obtins pour lui le gouvernement de l'île, je pouvais, maintenant que je suis sensé, lui donner celui d'un royaume, je le lui donnerais, parce que la naïveté de son caractère et la fidélité de sa conduite méritent cette récompense.

Se tournant alors vers Sancho, il ajouta :

— Pardonne-moi, ami, l'occasion que je t'ai donnée de paraître aussi fou que moi, en te faisant tom-

1. « De plus », « en outre » (mot latin).

ber dans l'erreur où j'étais moi-même, à savoir qu'il y eut et qu'il y a des chevaliers errants en ce monde.

— Hélas ! hélas ! répondit Sancho en sanglotant, ne mourez pas, mon bon seigneur, mais suivez mon conseil et vivez encore bien des années ; car la plus grande folie que puisse faire un homme en cette vie, c'est de se laisser mourir tout bonnement sans que personne le tue, ni sous d'autres coups que ceux de la tristesse.

— Mes amis, reprit don Quichotte, puissent mon repentir et ma sincérité me rendre l'estime que vous aviez pour moi ! et que le seigneur notaire continue... je lègue tous mes biens meubles et immeubles à Antonia Quijano, ma nièce, ici présente. *Item,* je vous supplie, mes amis, si quelque bonne fortune venait à leur faire connaître l'auteur qui a composé, dit-on, une histoire sous le titre de *Seconde partie des prouesses de don Quichotte de la Manche*[1], de vouloir bien le prier de ma part, aussi ardemment que possible, de me pardonner l'occasion que je lui ai si involontairement donnée d'avoir écrit tant et de si énormes sottises ; car je pars de cette vie avec le remords de lui avoir fourni le motif de les écrire.

Après cette dictée, il signa le testament ; puis, atteint d'une défaillance, il s'étendit tout de son long dans le lit.

---

1. Allusion à l'ouvrage apocryphe (faux) publié en 1614, attribué à Alonso Fernández de Avellaneda.

Enfin, la dernière heure de don Quichotte arriva, après qu'il eut reçu tous les sacrements, et maintes fois exécré, par d'énergiques propos, les livres de chevalerie. Le notaire se trouva présent, et il affirma qu'il n'avait jamais lu dans aucun livre de chevalerie qu'aucun chevalier errant fût mort dans son lit avec autant de calme et aussi chrétiennement que don Quichotte.

Telle fut la fin de l'ingénieux hidalgo de la Manche, duquel Cid Hamet[1] ne voulut pas indiquer ponctuellement le pays natal, afin que toutes les villes et tous les bourgs de la Manche se disputassent l'honneur de lui avoir donné naissance.

Voici son épitaphe :

« Ci-gît l'hidalgo redoutable qui poussa si loin la vaillance qu'on remarqua que la mort ne put triompher de sa vie par son trépas.

« Il brava l'univers entier et fut l'épouvantail du monde ; en telle conjoncture que ce qui assura son bonheur, ce fut de mourir sage et d'avoir vécu fou. »

---

1. Cid Hamet Benengeli, historien arabe et manchois, censé avoir écrit une *Histoire de don Quichotte de la Manche.*

Quelques dates dans la vie et l'œuvre de Miguel de Cervantès

1547 : Miguel de Cervantès naît à Alcalá de Henares (province de Madrid), probablement le 29 septembre. Il y est baptisé le 9 octobre. Il est le troisième des cinq enfants de Rodrigo et de Leonor. Son père est un modeste médecin chirurgien itinérant, qui se disait *hidalgo* (d'extraction noble). Sa mère, qui a pour nom de jeune fille Leonor de Cortinas, est issue d'une famille de paysans originaires de Vieille-Castille.
On ne sait presque rien des vingt premières années du jeune Miguel.

1564 : Son père Rodrigo de Cervantès est installé à Séville (Andalousie), alors la véritable métropole de la péninsule Ibérique et le « marché universel du monde » selon Lope de Vega[1] (le commerce avec le Nouveau monde transite par Séville).

1565 : Luisa de Cervantès, sœur de Miguel, entre au couvent de la Conception d'Alcalá.

1566 : La famille de Miguel réside à Madrid, où le roi Philippe II[2] a installé sa Cour cinq ans auparavant.

1569 : Miguel fait ses débuts littéraires en publiant quatre poésies incluses dans un recueil publié par l'humaniste Juan López de Hoyos à l'occasion des obsèques de la jeune reine Élizabeth de Valois[3]. Brusque départ de Cervantès pour l'Italie. Il habite à Rome, où il passe quelques mois au service du cardinal Julio Acquaviva, précédemment légat[4] du pape en Espagne.

---

1. Feliz de Lope de Vega Carpio, dit Lope de Vega (1562-1635), écrivain et poète dramatique espagnol.
2. Philippe II (1527-1598), roi d'Espagne.
3. Élisabeth de Valois (1545-1568), reine d'Espagne, morte en couches à vingt-trois ans.
4. Ambassadeur du Saint-Siège.

1571 : Cervantès s'engage comme soldat dans les forces de la Sainte Ligue, levées par Philippe II et ses alliés, pour faire face à la menace turque. Il intègre la compagnie de Diego de Urbina, où se trouvait déjà son jeune frère Rodrigo.
Célèbre victoire de Lépante[1]. Cervantès se trouve à bord de la galère *Marquesa* ; il reçoit un coup d'arquebuse qui le laissera invalide de la main gauche, d'où son surnom de « manchot de Lépante ».
Cervantès fera allusion à cet épisode dans le prologue à la Seconde partie de *Don Quichotte*.
Convalescence à Messine, au sud de l'Italie.

1572-1574 : Cervantès prend part aux opérations militaires menées par don Juan d'Autriche[2] à Navarin, Corfou et Tunis.
Entre deux campagnes et deux cantonnements, il approfondit sa connaissance de l'Italie : Naples, Palerme, Rome, Florence, Gênes.

---

1. La bataille de Lépante (7 oct. 1571), qui eut lieu au large de cette ville grecque, opposa la flotte chrétienne de la Sainte Ligue (Espagne, Venise, Saint-Siège), sous le commandement de don Juan d'Autriche, à la flotte turque d'Ali Pacha.
2. Don Juan d'Autriche (1545-1578), prince espagnol, vainqueur de Lépante.

1575 : Après cinq ans de bons et loyaux services, Miguel de Cervantès et son frère Rodrigo décident de rentrer en Espagne, avec l'autorisation de don Juan d'Autriche. Ils embarquent en septembre sur la galère *El Sol*, mais sont capturés en route par des corsaires barbaresques[1] au large de Cadaqués et transportés à Alger.

1575-1580 : Longue captivité de Cervantès à Alger comme esclave, pendant cinq ans et demi. Il évoquera ce séjour forcé dans la Première partie de *Don Quichotte*.
Il tente vainement de s'évader à quatre reprises, deux fois par mer et deux par terre. Finalement, tandis que sa famille effectue des démarches pour obtenir son rachat, il est racheté en septembre 1580 par les frères Trinitaires[2] (son frère Rodrigo a été racheté trois ans plus tôt).

1581-1587 : Cervantès écrit plus de vingt pièces, qui sont jouées sur les scènes madrilènes ; elles sont aujourd'hui perdues, à l'exception de *La Vie à Alger* et de *Numance*.

1. De Barbarie, pays désignant autrefois l'Afrique du Nord.
2. Religieux de l'ordre mendiant de la Très Sainte Trinité pour la rédemption des captifs, fondé en 1198.

1584 : Mariage de Cervantès avec Catalina de Palacios Salazar Vozmediano, de vingt-deux ans sa cadette, originaire d'Esquivias (province de Tolède). Il s'y établit avec sa belle-famille.
Naissance d'une fille naturelle de Cervantès, Isabel, née de sa liaison présumée avec Ana Franca de Rojas, la femme d'un cabaretier. Isabel sera recueillie en 1599 par Magdalena de Cervantès, autre sœur de Miguel.

1585 : Publication de *La Galatée*, roman pastoral[1] de Cervantès écrit quelque trois ans auparavant. Elle fut réimprimée deux fois du vivant de l'auteur, la seconde fois à Paris en 1611.
Mort du père de Cervantès à Madrid.

1587-1597 : Pendant dix années, Cervantès sillonne l'Andalousie, d'abord en qualité de munitionnaire[2] de l'Invincible Armada[3], puis de collecteur d'impôts. Il est alors établi à Séville.

1. Roman galant se déroulant dans un cadre bucolique, de campagne idéalisée.
2. Chargé de réquisitionner le blé et l'huile destinés aux approvisionnements de la flotte espagnole.
3. Nom donné à la flotte espagnole de Philippe II.

1590 : Après trois ans passés sur les chemins d'Andalousie, Cervantès sollicite en vain auprès de Philippe II un emploi aux Indes.
Il se dote d'un second patronyme et se fait désormais appeler Miguel de Cervantès Saavedra.

1592 : Contrat passé à Séville avec l'acteur et directeur de troupe Rodrigo Osorio, qui prévoit la livraison de six comédies.

1593 : Mort de la mère de Cervantès. Son épouse vit toujours à Esquivias.

1597 : Cervantès est emprisonné un temps à Séville à la suite de démêlés avec le Trésor public.

1598 : À l'occasion de la mort du roi Philippe II, Cervantès compose un « Sonnet[1] au monument que l'on édifia pour le roi à Séville », qu'il tenait pour le meilleur de ses écrits.

1600 : Mort de son frère Rodrigo à la bataille des Dunes de Nieuport. Cervantès quitte définitivement Séville.

---

1. Poème de quatorze vers.

1604 : Cervantès s'installe avec sa femme à Valladolid, devenue brièvement le siège de la Cour de Philippe III[1]. Il y retrouve ses sœurs et sa fille Isabel. Un privilège royal lui est accordé pour l'impression de *Don Quichotte*.

1605 : Parution de la Première partie de *Don Quichotte*. Succès immédiat, d'abord en Espagne puis à l'étranger.
Dans un document juridique, Andrea de Cervantès, troisième sœur de Miguel, décrit son frère comme « un homme qui écrit et fait des affaires, et qui, grâce à ses talents, a beaucoup d'amis ».

1608 : Cervantès est installé à Madrid, redevenue le siège de la Cour. C'est le retour définitif à la littérature.

1609 : Mariage de la fille de Cervantès, Isabel, avec Luis de Molina.
À la suite de plusieurs deuils familiaux, Cervan-

1. Philippe III (1578-1621), roi d'Espagne.

tès entre dans la confrérie des Esclaves du Très-Saint-Sacrement[1], récemment fondée.

1613 : Parution des *Nouvelles exemplaires*, avec une dédicace au comte de Lemos, bienfaiteur de Cervantès et vice-roi de Naples. Succès fulgurant, qui fera autant que le *Don Quichotte* pour sa renommée littéraire.
Il est admis comme novice dans le tiers ordre[2] de Saint-François[3], à l'exemple de sa femme et de ses sœurs. Il y prononcera ses vœux définitifs peu avant sa mort.

1614 : Un libraire de Tarragone (Catalogne) publie un Second tome des aventures de *Don Quichott*e, apocryphe[4], dû à un certain Alonso Fernández de Avellaneda, alors que Cervantès était sur le point de terminer la Seconde partie.
Publication du *Voyage au Parnasse*, long poème satirique qui juge les auteurs de son temps et nous renseigne sur les autres œuvres écrites par Cervantès.

---

1. Confrérie religieuse aux règles très strictes : jeûne et abstinence, assistance quotidienne aux offices, exercices spirituels et visites d'hôpitaux.
2. Ordre religieux rassemblant aussi bien des hommes que des femmes.
3. Premier en date, le tiers ordre de Saint-François d'Assise fut fondé en 1209.
4. Dont l'authenticité est plus que douteuse.

1615 : Publication de la Seconde partie de *Don Quichotte*, avec une dédicace au comte de Lemos, qui continue de le protéger depuis sa vice-royauté de Naples. Son prologue repousse avec noblesse les accusations, injures et offenses du faussaire Avellaneda.
Le succès de la Seconde partie sera égal à celui de la première. En 1617, on publiera pour la première fois à Barcelone les deux tomes ensemble.

1616 : 22 avril : Mort de Cervantès à Madrid, dans sa maison, *calle de León*. Il est enterré le lendemain au couvent des Trinitaires.
Il a eu juste le temps de terminer la rédaction des *Épreuves et Travaux de Persilès et Sigismunda*, qui paraîtra posthume au début de l'année suivante.

TABLE

PREMIÈRE PARTIE

SECONDE PARTIE

Composition JOUVE – 53100 Mayenne
N° 338488d
Imprimé en France par HÉRISSEY - 27000 Évreux
Dépôt imprimeur : 95936 - éditeur n° 42468
32.10.2247.8/01 - ISBN : 2.013.322247.5
Loi n° 49-956 du 16 juillet 1949 sur les publications destinées à la jeunesse
Dépôt légal : mars 2004